KB185323

맛
남
의

세
계

31개 나라에서 만난
맛과 사람

맛남의 세계

이지혜 지음

컨셉진

맛남의 세계로

결혼 후 러시아 모스크바에 살게 됐다. 남편이 홀로 지내던 집에 살림을 꾸리며 나만의 작은 부엌이 생겼다. 조리대이면서 식탁인 작은 아일랜드 탁자엔 그와 나뿐만 아니라 러시아 어학교에서 함께 공부한 친구들도 머물렀다. 다양한 나라에서 온 그들을 위해 나는 김밥을 말고, 부대찌개를 끓이며 티라미수를 만들었다. 따뜻한 한 끼를 함께 나누면 이방인으로 느끼는 불안한 마음은 조금씩 흐려졌다.

좀처럼 해가 나지 않는 모스크바의 긴 겨울, 쓸쓸한 기분이 들면 집 앞 슈퍼마켓으로 걸음을 옮겼다. 그곳에 가면 잊고 있던 사람들이 떠올랐다. 매대 위에 놓인 동그란 양배추를 보면 함께 둘러앉아 점심을 먹던 아프리카의 동료가, 진열대의 작은 통에 담긴 찻잎을 보면 이른 아침 냄비에 짜이를 끓이던 인도인 친구가 생각났다. 지금은 곁에 없지만 여전히 내 일상에 머무는 그리운 이들의 흔적을 슈퍼마켓에서 만날 수 있었다. 나는 그리운 친구를 만나 대화를 나누듯 장바구니에 식재료를 담았다. 집에 돌아와 재료를 씻고 썰어 조리한 뒤 그릇에 담은 요리를 상대와 나누면 마음에 온기가 돌았다.

책에 실린 대부분의 글은 코로나로 인해 모스크바 집을 떠나 한국에 머물 때 썼다. 하늘길이 닫혀 그 어느 곳도 갈 수 없던 시간, 임시 숙소에 머물며 나는 다시 이방인이 되었다. 앞이 보이지 않아 불안하고 막막했던 나날들이었지만, 구글 포토가 알려준 과거의 사진들이 나를 그때로 데려다주었다. 매일 아침 작은 책상에 앉아 그날로 돌아가 글을 쓰고 그림을 그렸다. 내가 지나온 길 위에서 만난 이들이 다정하게 나를 감싸주었다. 그렇게 다시 한번 데워진 따끈한 만남의 기록을 꼭꼭 씹으며 앞으로 나아갈 힘이 생겼다. 책에 나온 많은 이들에게 나의 세계를 확장해주어서 고맙다고, 내가 맛본 것은 음식이 아니라 당신과 나눈 시간과 이야기였다고 전하고 싶다.

차례

기차의
모닝 짜이
한 잔

"출발한 지 얼마나 됐지?"

"3시간쯤 된 거 같은데, 얼마나 남았어?"

콜카타에서 델리로 가는 길, 기차는 종종 멈췄다. 기차역도 아닌
너른 벌판 한복판에서 말이다. 어디쯤 왔는지 알 수 없고 기차표에

적힌 도착 시간은 무의미했다. 1월의 인도는 낮엔 따스한 햇살이 있어 한국의 가을 같았지만, 밤이 되면 금세 쌀쌀해졌다. 우리가 탄 에어컨 없는 침대열차 안의 인도인들은 대부분 숄을 둘러쓴 채 잠이 들었다. 양옆으로 3칸씩 서로 마주 보고 있는 침대의 두 칸은 낮엔 접어서 등받이와 의자가 되었고, 세 명씩 마주 보고 앉을 수 있다. 친구와 나는 맨 윗 칸에 나란히 누워서 팔을 펴면 손이 닿는 천장의 멈춰 있는 선풍기를 보았다.

"여름엔 작동하겠지? 먼지가 꽤 묻었네."
"너 저 선풍기 닦고 싶어졌지? 꾹 참아라."

우리는 기차에 타자마자 물티슈로 침대를 닦고 후회했었다. 닦은 곳과 닦지 않은 부분의 경계가 분명히 드러났기 때문이다. 닦아도 닦아도 묵은 때가 계속 나왔다. 우리는 포기한 채 침낭을 펼쳐서 그 안으로 쏙 들어갔다. 잠이 오지 않는 밤, 친구와 나란히 누워서 도란도란 이야기를 나눴다. 밤새 기차는 천천히 달리다 잠시 멈추고 또다시 달리기를 반복했다.

언제 잠이 들었을까. 코끝으로 느껴지는 차가운 공기에 눈을 뜨니 아침이다. "짜이! 짜이!"라는 우렁찬 소리가 알람처럼 들렸다.

잠시 멈춘 기차 안에는 신문과 먹을거리를 파는 이들이 돌아다녔다. 그때 한 손에는 차곡차곡 쌓은 토기 잔을, 다른 한 손에는 짜이가 담긴 큰 주전자를 든 이가 보였다. 우리는 그에게 짜이를 주문했다. 인도 기차에서 만나는 모닝 짜이는 특별하다. 유리잔이 아닌 붉은 흙으로 만들어진 잔에 짜이를 담아주었다. 손에 쏙 들어오는 작은 토기에 담긴 짜이의 색이 예뻤다. 따뜻한 온기가 손끝으로 전해진다. 친구와 함께 후후 불어가며 호로록 짜이를 마셨다.

"쓰레기통은 어디에 있지?"

맞은편에 앉은 인도인은 짜이를 다 마시고 두리번거리는 우리를 보더니 시범을 보이듯 창밖으로 잔을 던졌다. 우리는 그를 따라다 마신 잔을 밖으로 던졌다. 인도의 흙은 우리에게 짜이 한 잔을 담아 건네고, 다시 땅으로 돌아갔다. 기차는 천천히 다시 출발했다. 도착 예정 시간은 이미 훌쩍 지났다. '도대체 언제?', '왜?'라는 조급하고 궁금한 마음을 비우면, 누구나 인도와 가까워질 수 있다. 대신 "노 프라블럼"no problem을 마음에 새기자. 선로를 이탈하지 않는 한 우리가 탄 기차는 언젠가 반드시 목적지에 도착할 것이다. 어쩔 수 없이 또 다음 아침도 기차에서 맞는다면? 토기 잔의 모닝 짜이를 한 잔 더 마실 수 있으니 "노 프라블럼!"

토요일의
특식

스물한 살의 여름, 대학을 휴학하고 인도에서 일 년을 지내기로 했다. 숙소는 올드델리의 셰어하우스로, 인도인 친구들과 함께 지낸 그곳에는 점심과 저녁을 책임지는 요리사가 있었다. 그의 이름은 무니였다. 매일 조금씩 종류는 달라도 흩날리는 쌀, 수프처럼 부드러운 맛이 나는 달dal, 하얀색의 꽃다발을 닮은 콜리플라워 볶음,

짭조름한 카레와 담백한 짜파티가 주 메뉴였다. 무더운 날씨에 입맛이 없어 밥을 남기면 무니는 걱정스러운 표정으로 내게 다가와서 물었다.

"노 딜리셔스(맛이 없어요)?"

나는 그를 걱정시키고 싶지 않아서 배가 불러서 그렇다며 과장하며 배를 두드렸다. 배식이 끝나도 그는 자리를 떠나지 않고 식사 중인 우리를 유심히 살폈다. 어떤 음식에 손이 더 자주 가는지 사람들의 식판에 시선이 머문 무니는 꼭 엄마 같았다. 탄두리가 메뉴로 나오는 토요일 저녁이면 모두가 행복했다. 평소 화덕에서는 메밀전병의 색을 닮은 짜파티가 구워졌지만, 토요일이면 하얗고 반질반질한 난이 구워졌다. 무니는 미리 양념해둔 닭 다리들을 인도 전통 화덕인 탄두르 안으로 과감하게 넣었다.

"디스 이즈 탄두리 치킨, 베리 베리 딜리셔스. 투데이 노 프라블럼! (이건 탄두리 치킨, 아주 아주 맛있어요. 오늘은 문제없어!)"

하얀 요리사복을 입은 무니는 콧노래를 흥얼거렸다. 나는 화덕 안에서 구워지는 난을 구경하며, 숯불 향이 나는 탄두리 냄새를 맡왔다. 마치 소풍 가는 날 아침, 식탁에 앉아 김밥을 말고 써는 엄마 곁에 앉아 있듯 무니 옆에서 따끈하게 갓 구워진 난을 맛보았다. 그는 단호하게 말했다.

"비 케어풀! 베리 홋트! 홋트!(조심해요. 아주 뜨거워!)"

그날따라 그의 영어 악센트에 유난히 힘이 들어가 있다. 접시에 난을 담고, 군데군데 검게 그을린 탄두리 치킨을 받았다. 칼로 자르니 따끈한 김이 모락모락했다. 나를 비롯한 모두가 깨끗하게 접시를 비웠다. 그 모습을 본 무니의 얼굴에 만족스러운 미소가 보였다.

그때의 요리사 무니, 지금의 나보다 훨씬 어린 나이였던 그는 돈을 벌기 위해 고향을 떠나 델리에 왔다고 했다. 늘 아내와 딸을 보고 싶어 했는데, 나는 음식뿐만 아니라 그의 그리움을 함께 먹은 건지도 모르겠다. 지금 무니는 가족과 함께 따뜻한 밥을 먹고 있기를. 우리를 위해 만들어주었던 탄두리와 난이 그의 가족의 식탁에도 올라가 있으면 좋겠다. "단야밧(고마워요). 무니, 당신이 해준 밥은 늘 최고였어요."

우리의
초우민

친정집에 보관하고 있는 상자를 꺼냈다. 거기엔 인도 친구 유니스의 카드가 있었다. 인도에서 일 년을 보낸 후 헤어질 때쯤 받은 것이니 이미 십여 년도 훌쩍 지났다. 그러나 카드 속 그의 글씨는 여전히 또렷하고 깔끔했다.

"디어 지혜… 우리의 웃음, 유머, 눈물… 초우민^{Chowmein}… 그건 매우 귀한 것이지."

초우민! 유니스의 카드를 읽으며 잊고 있던 인도 델리의 작은 식당이 떠올랐다. 숙소에서 반년을 함께 지낸 유니스는 나보다 다섯 살이 많았다. 인도의 북동부 지역, 나갈랜드가 고향인 그는 친언니 같았다. 처음으로 한국과 가족을 떠나 살았던 나는 종종 부모님, 친구들이 그리울 때면 유니스에게 울컥하는 마음을 털어놓았다. 나는 그녀에게 무슨 이야기든 할 수 있었다. 어떠한 이야기든 눈물로 시작했지만, 마지막엔 배꼽을 잡고 깔깔거리며 끝이 났다.

"유니스, 또 울다가 웃잖아. 한국에선 이러면 엉덩이에 뿔이 난다고 해."
"뿔 나라고 하지 뭐!"

우리는 크게 깔깔 웃었다. 숙소 앞에는 작은 공원이 있었다. 무더운 한낮의 해가 저물고 어스름한 노을이 지면 유니스와 나는 함께 산책을 나섰다. 캐치볼을 하는 가족, 천천히 조깅을 하는 이들도 있었다. 우리는 산책로를 걸으며 서로의 꿈과 고민을 나누었다. 공원 근처의 작은 카페에서 하얀색의 작은 컵에 담긴 짜이를

사서 벤치에 앉아 훌쩍이기도 했다. 스무 살, 인도에서 보낸 일 년
은 내 인생의 전환점이 되었다. 이전에 바라던 꿈과 미래에 대한
생각이 통째로 바뀌었고, 그 자리엔 유니스가 함께 있었다.

　주말이면 그녀와 함께 근처의 식당에 갔다. 간판도 없는 반지하
에 있는 허름한 곳이었지만 네팔, 인도 음식을 골고루 팔았다. 우
리가 가장 좋아한 메뉴는 초우민이었다. 인도에서 먹는 중국식 볶
음면이라고 하면 될까. 양배추, 당근 등 채소만 듬뿍 든 초우민부
터 닭과 소고기를 넣은 것까지 종류가 다양했지만, 굴 소스로 간을
해서 비슷한 맛이 났다. 인도의 초우민은 내게 무척 짰는데, 인도
인들은 케첩과 소금을 더 뿌려서 먹곤 했다. 유니스와 나누었던 웃
음과 눈물 그리고 이야기들이 그 작은 식탁에 있었다. 유니스와 나
란히 앉아 초우민을 후루룩 먹던 그 시간, 다시 한번 그때로 돌아
가고 싶다.

마음이
자라는
사람

아루나는 인도 북부 파키스탄과 가까운 지역, 펀자브에서 왔다.
처음 그녀가 자기 고향을 말했을 때 나는 무척 반가워하며 말했다.

"나 펀자비 있어!"

"펀자비는 우리 고향에서 처음 입기 시작했어."

나는 시내에서 산 펀자비 드레스로 갈아 입었다. 상의는 무릎 위까지 내려오지만, 걸을 때 편하도록 양옆이 트여 있다. 하의는 한국의 고쟁이 같은 바지다. 마지막으로 목을 감싸는 숄까지 두르면 인도 전통 의상인 펀자비 드레스가 완성된다. 내 모습을 보던 아루나가 웃으면서 말했다.

"잘 어울린다. 내 사리도 입어볼래?"
"아루나, 그건 내게 아주 작을 거 같은데…."

인도 여성의 전통 의상 중 하나인 사리는 긴 천을 둘둘 말아 입는 것처럼 보이지만, 긴 천 안에 입는 크롭탑 같은 상의가 있다. 펀자비에 비하여 사리는 몸을 꽉 조일 것처럼 보였다. 가냘픈 그녀를 보며 고개를 저었다. 하지만 옷을 바꿔 입고 기념사진을 찍자는 그녀의 부탁을 거절할 수 없었다. 그녀가 사리를 나의 허리춤에 넣고 휘휘 몇 번을 오갔더니 내 몸에 꼭 맞게 되었다. 우리는 서로의 펀자비와 사리를 입고 함께 사진을 찍었다.

아루나는 내가 머물던 숙소에서 일을 돕고 있었다. 나는 마음이 잘 맞았던 그녀와 자주 도란도란 이야기를 나누었다. 고향을 떠나 하이데라바드에 온 아루나는 지금은 일을 하고 있지만, 언젠가 대학에 가고 싶다고 했다. 우리는 스무 살, 동갑이었다. 당시 내 주변에는 일을 해야 해서 학업을 포기한 이가 없었다. 그래서인지 그동안 나는 내가 누리는 일상을 당연히 여겼다. 그녀를 따라 빈민가의 아이들을 만나러 가던 날, 아이들을 돌보는 그녀를 보며 나보다 마음이 자란 사람이라고 느꼈다.

"아루나, 네가 나보다 언니 같아."
"그럼, 네가 내 동생 할래? 고향의 여동생 대신 말이야."

우리는 함께 웃었다. 점심으로 인도식 볶음밥 비리야니^{Biryani}가 나왔다. 마당에 둘러앉으니, 집주인이 내 앞에 바나나 잎을 깔아주었다. 가늘고 기다란 쌀과 향신료, 채소와 고기, 강황을 넣어 노란빛이 도는 밥, 비리야니가 바나나 잎 위에 놓였다. 수저와 포크는 없었다. 자연스레 오른손을 먼저 올리자, 옆에 앉은 아루나가 눈짓했다. 그녀를 따라 왼손을 오므려 비리야니를 먹었다. 처음엔 손가락 사이로 밥알이 흘러내렸지만, 이내 익숙해졌다. 양손을 구분하여 쓰는 이들은 수저를 쓰더라도 모든 걸 한 손으로 하는 것이 더 비위생적이라고 느낄 수도 있겠다는 생각이 들었다. 앞으로 나만의 세계에 갇히지 않고 좀 더 많은 세상, 사람들을 만나 이야기를 듣고 싶어졌다. 그날 내 마음도 한 뼘 더 자랐을까?

우정을
위하여

태국 방콕 〈공심채 볶음〉

　문구류를 좋아한다. 지금은 다양한 문구 브랜드가 생겨 하나를 선택하기 어렵지만, 어렸을 땐 모닝글로리라는 브랜드를 좋아했다. 친정집에 보관하고 있는 상자에서 발견한 친구가 보낸 엽서 하단에 그려진 검은색의 나팔꽃을 보니 마음이 간질간질해졌다. 친구 생일 파티에 초대받아 선물로 준비한 필통, 연필, 지우개가 든

문구 세트, 친구와 함께 쓴 작은 열쇠가 달린 교환일기장도 나팔꽃이 그려진 모닝글로리였다. 내게 문구 브랜드로만 기억되던 그 이름이 다른 의미가 된 건 태국 방콕에서였다.

일 년간 인도에서 지낸 후 한국으로 돌아가는 날이었다. 주머니 사정이 여의치 않아 저렴한 항공권을 사서 델리-카트만두-방콕을 경유했다. 애매한 비행시간으로 카트만두 공항에서는 침낭을 펼치고 '한국에 가면 무엇이 먹고 싶나?'로 친구와 이야기를 나누면서 밤을 꼴딱 새웠다. 두 번째 경유지인 방콕은 무비자로 체류할 수 있어서 2박 3일의 자유여행을 했다. 일 년간 인도에서 시간을 보낸 나에게 방콕은 천국처럼 느껴졌다. 전기가 끊기지 않고, 따뜻한 물이 펑펑 나오며, 어디에나 시원한 에어컨이 있다니! 인도에서 보낸 시간은 내가 잊고 있던 일상의 '감사'를 되찾게 해주었다. 그뿐만이 아니었다. 어디를 가나 입맛에 꼭 맞는 음식 덕분에 볼에 살이 통통 오르고 있었다. 그렇게 행복한 방콕에서의 시간 중 가장 기억에 남는 순간은 우연히 들어간 식당에서 메뉴를 고민하던 때였다.

"저기 초록색은 시금치일까?"
"우리 볶음밥이랑 저 초록색 나물도 주문하자."

식당 종업원이 주문을 받으러 왔을 때 우리는 조심스레 옆 테이블의 초록색 나물을 가리켰다. 잠시 후 고슬고슬한 볶음밥과 나물이 우리 탁자에 놓였다. 자세히 보니 한국의 시금치와는 생김새가 달랐다. 색도 향도 소스의 맛도 새로웠다. 젓가락을 멈출 수가 없었다.

나중에야 알게 된 초록색 나물의 정체는 모닝글로리, 바로 공심채였다. 그 후 내게는 서로 개성이 다른 모닝글로리라는 동명이인의 친구가 생겼다. 사전에서 공심채라는 식물을 찾아본다. '잎채소로 자라는 열대 식물, 나팔꽃 속과'라고 쓰여 있다. 그래서 모닝글로리라고 했구나. 공심채의 꽃은 나팔꽃과 닮았다. 그 후 모닝글로리는 동남아시아로 여행을 가면 메뉴판에서 가장 먼저 부르는 이름이 됐다.

태국 여행을 친구와 함께할 때면 우리에겐 암묵적 규칙이 있다. 무조건 1인 1모닝글로리. 한 접시만 주문하여 나누는 일은 있을 수 없다. 함께하는 여행의 평화는 바람직한 음식 메뉴 주문에서 시작된다.

'우리의 우정을 위하여'

먹을 수 없는
슬픔도
있어요

껍질째 먹는 씨 없는 포도를 맛본 건 스물셋의 겨울, 인도에 갔을 때였다. 당시 나는 방학을 맞아 또래 대학생들과 함께 거리의 아이들을 돕는 봉사활동을 떠났다. 모든 일정을 마치고 한국으로 가기 전 마지막으로 바라나시에 들렀다. 그곳엔 인도인들의 성지인 강가Ganga, 갠지스강이 있다. 사진으로만 보던 강을 마주하자 강

에서 빨래를 하고, 몸을 씻는 이들을 볼 수 있었다. 갠지스강 주변에는 치솟는 불길과 함께 시신을 화장하며 떠오르는 연기가 자욱했고, 사람들은 화장한 재를 갠지스강에 뿌렸다. 인도인들의 삶과 죽음이 어우러진 현장은 북적대는 인파로 넘실거렸다. 사람들 사이를 지나는데 왠지 모르게 긴장이 됐다. 그 순간 누군가 나의 바짓가랑이를 잡았다. 초등학생쯤 되어 보이는 남자아이였다. 아이는 서툰 한국어로 말을 걸었다.

"보리수 천 원, 싸다."

아이의 손엔 작은 잎사귀가 들려 있었다. 빳빳하게 풀을 먹인 듯한 잎사귀와 아이의 까만 눈이 반짝거렸다. '책갈피로 쓰는 걸까?' 잎사귀의 용도를 잘 알지 못한 내가 머뭇거리자, 아이는 어깨에 메고 있던 갠지스강이 그려진 엽서 한 장을 들이댔다.

"엽서 천 원, 싸다."

아이는 그 문장만 한국어로 연습했겠지. 아이로 인해 잠시 길에 멈춰 섰던 나는 지나가려는 사람들로 인해 지갑을 열지도 못한 채, 자연스레 아이와 헤어지고 말았다. 수많은 인파에 치여서 빨리 이곳에서 벗어나고 싶은 생각뿐이었다.

　갠지스강 근처를 벗어나 거리로 들어서니 리어카 가득 쌓여 있는 과일이 보였다. 반가운 연둣빛의 청포도. 인도의 과일은 한국보다 저렴했고 겨울의 청포도는 무척 달았다. 포도를 담은 비닐봉지를 안고 이동수단인 릭샤에 올랐다. 포도 한 알을 떼어 손으로 닦아 입에 넣으며 옆에 앉은 후배에게 말했다.

　"이렇게 달콤한 포도가 있다니, 먹을 수 있어서 행복해."
　"반면에 먹을 수 없는 슬픔도 있어요."

　후배의 말에 쿵, 마음이 내려앉았다. 보리수 잎사귀를 건네던 소년을, 신발 없이 거리를 걷던 소녀를, 퀭한 눈으로 젖먹이를 안고 있던 엄마를 보며 안타까운 마음을 가졌던 나는 그 거리를 벗어나자마자 까맣게 잊어버렸다. 어떤 사람은 내가 맛볼 수 있는 이 달콤함을 모를 수도 있다. 세상에 먹을 수 있는 기쁨이 있다면, 한쪽에는 먹을 수 없는 슬픔이 존재한다. 나에게 주어진 당연한 것들이 당연한 것이 아님을, 모든 이가 누릴 수 있는 게 아니라는 사실을 그날의 대화를 통해 다시 한번 깨달았다.

검은
달걀

"언니, 일본에 놀러 올래? 여행도 하고 나 귀국할 때 같이 돌아가
면 좋을 거 같아."

일본에서 유학 중인 동생의 제안에 바로 도쿄로 떠났다. 돈은 많
지 않아도 시간은 많았던 시절이었다. 아르바이트로 번 돈을 탈탈

털어 동생을 만나러 갔다. 유학 내내 공부와 아르바이트를 병행했던 동생은 귀국할 때가 되어서야 여행을 위한 시간을 낼 수 있었다. 동생과 함께 도쿄 근교의 하코네 온천으로 떠났다. 새벽에 출발한 관광버스에서 한숨 자고 일어나니 목적지에 도착했다. 나는 코로 쿵쿵 냄새를 맡으며 동생에게 말했다.

"달걀 삶는 냄새 난다."
"유황 온천이라 그런가 봐. 저기 증기가 올라오고 있어."

우리는 숙소에 짐을 풀고 곳곳에서 증기를 내뿜는 온천마을을 산책했다. 사람들은 유카타를 입고 슬리퍼를 신고 다녔다. 일본의 온천은 처음이라 기대도 되면서, 탕에 오래 있으면 답답할 것 같아 괜히 비싼 숙소를 구한 건 아닌지 걱정스러웠다. 내 마음을 읽은 듯 동생이 말했다.

"언니, 일본 온천은 대부분 노천탕이야. 그래서 오랫동안 탕에 있어도 하나도 안 답답해."
"그런 곳이라면 몇 시간이고 있을 수 있지."

따뜻한 탕 안에 몸을 담근 채 밤하늘의 별을 보고, 바람에 흔들리는 나무 잎사귀들의 소리를 듣고 있으니 몸과 마음이 편안하고 노곤해졌다. 온천욕을 마친 후 식당에 가니 우리 식탁에는 정성스러운 저녁 식사가 차려져 있었다. 두 한국인이 신기했는지 옆 테이블에 앉은 할머니가 동생에게 말을 걸었다. 동생에게 무슨 대화를 나누었는지 물었다.

"할머니가 뭐라고 하셨어?"
"온천에서 검은 달걀을 파는데, 먹으면 더 오래 살 수 있대."

다음 날 아침, 우리는 사람들을 따라 계곡을 거닐었다. 활발했던 화산 활동의 흔적이 곳곳에 남아 있었다. 곳곳의 샘물 표지판도 눈에 띄었다. 유황 냄새가 짙은 산책길, 온천에 몸을 담그고 있지 않았는데도 따스한 기분이 들었다. 산책을 마칠 때쯤 검은 달걀, 오와쿠다니의 쿠로 타마고를 발견했다. 검은색 껍질을 가진 이 달걀은 온천수에 한 시간 동안 넣어 익힌 것이다. 이 과정에서 껍질이 검게 변하는 건 황화수소와 철이 만났기 때문이라고 한다. 봉지 안에 담겨 있는 달걀 한 알을 꺼내 톡 깼다.

"이 달걀을 먹으면 얼마나 더 오래 살 수 있는 거야?"
"한 알에 7년씩 늘어난대."

"그럼 한 알 더 먹어볼까."

"톡톡." 유황 냄새가 가득한 온천마을 곳곳에서 검은 달걀들이
만드는 경쾌한 소리가 울려 퍼졌다.

비 오는
날의
추억

보슬비가 내리던 날, 엄마와 나는 도쿄 다이칸야마 거리를 30분
째 헤매었다. 구글맵이 없던 시절이었다. 우리는 지도를 보며 여
행 책자에 나온 카페 "와플스"를 찾고 있었다. 고급 주택들이 밀집
한 이 동네는 유동인구가 많은 신주쿠나 시부야와 달리 한적하고
고요했다. 오밀조밀 붙어 있는 집 사이에 카페가 있긴 한 걸까. 굳

은 날씨에 엄마와 함께 계속 거리를 서성이는 게 신경 쓰였다. 빨리 목적지를 찾아야 했다. 우산을 한 쪽 어깨에 끼고 지도를 다시 뚫어져라 봤다. 엄마가 말했다.

"천천히 찾아봐. 엄마는 괜찮아."
"잠깐 저기 가게에 가서 물어보고 올게요."

나는 지도를 들고 작은 옷 가게로 들어갔다. 그때 내가 아는 일본어는 한 마디뿐이었다.

"스미마셍."

친절하게 반겨준 옷 가게 주인을 향해 나는 멋쩍은 듯 지도에 있는 카페를 손가락으로 가리켰다. 그녀는 일본어로 답변하다가 내가 못 알아듣는 걸 알고 밖으로 함께 나와 손가락으로 오른쪽을 가리켰다. 그 다음에는 계단을 오르는 시늉을 했다. 친절한 설명이었다. 나는 그녀가 안내해 준 대로, 엄마와 함께 이미 지나온 길로 다시 돌아가 작은 골목 앞에 섰다. 작은 언덕이 보였다. 엄마에게 기다리라고 한 후, 먼저 계단을 오르니 가정집을 개조한 듯한 카페가 보였다. "와플스"라는 간판까지 확인한 뒤, 후다닥 계단을 내려가 엄마와 함께 다시 천천히 언덕을 올랐다.

　우리는 점원의 안내를 받아 창밖이 보이는 둥근 탁자에 앉았다.
창밖에는 가게에서 기르는 작은 꽃 화분이 있었다. 보슬보슬 내리
는 빗방울이 꽃잎들을 툭툭 치고 있었다. 얼마 지나지 않아 주문한
기본 와플과 따뜻한 커피가 두 잔 나왔다.

　"어머, 사각형 모양의 예쁜 빵이네."
　"엄마 여기 와플이 정말 맛있대요."

　나이프를 들어 네모난 와플을 쓱 썰었다. 위에 얹어진 바닐라 아
이스크림을 한쪽으로 치우고, 와플 한 조각과 아이스크림을 함께
입에 넣었다. 30분을 헤매고 먹어도 좋은 맛이었다. 맞은편에 앉
아 행복해 보이는 엄마의 표정에 마음이 즐거웠다. 그리고 나 또한
행복했다. 그날의 경험으로 하나를 얻었기 때문이다. 나를 향한
엄마의 믿음말이다. 그날 이후 엄마에게 나는 그 나라 말을 몰라도
잘 살아남을 수 있는, 처음 가는 길도 잘 찾는 대단한 아이가 되었
다. 일본어를 배우고, 일 년간 일본 워킹 홀리데이를 간다고 했을
때, 회사에서 위험할 수 있는 지역으로 출장을 떠날 때, 결혼 후 해
외에 살게 되었을 때도 엄마는 종종 십여 년 전 그 이야기를 꺼내

곤 했다.

"잘할 거야. 그때 대단했지. 말도 못 하는데 가고 싶던 그 카페를 결국 찾았잖니."

날 향한 엄마의 믿음은 새로운 도전을 앞둔 내게 작은 마중물이 되었다. 그래서 보이지 않는 길 앞에선 나에게 '잘할 수 있을 거라고. 결국 어떻게든 될 거라고, 그러니 일단 시작해 보자.'라는 마음 으로 한 뼘 더 자랐다.

인생의
쓴맛을 알게 된
우리에게

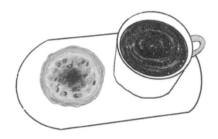

중학생 시절, 늘 내 곁에 함께 있던 친구가 있었다. 서로 다른 반이었지만 늘 하교를 같이 하던 친구, 토마토는 자주 얼굴이 붉어지던 친구의 별명이다. 매주 토요일, 학원을 운영하던 토마토의 부모님은 일하러 가시고, 그녀의 언니도 친구를 만나러 가면 우리만의 세상이 열렸다. 우리는 근처 비디오 가게에 들러 빌려온 홍콩영화

를 틀었다. 장국영이 세상에 존재했고, 금성무는 지금의 우리보다 한참 어렸으며, 트렌치 코트를 보면 주윤발이 떠오르던 시절이었다. 우리는 주문한 자장면을 먹으며, 브라운관에 비친 미지의 나라, 홍콩을 상상했다.

"나중에 대학생이 되면 함께 홍콩에 가자."
"좋아. 영화에 나오는 긴 엘리베이터를 직접 타면 기분이 이상할 거 같아."

왕가위 감독의 신작이 나올 때마다 빌려보며 홍콩 여행에 대한 꿈을 키웠다. 다른 나라는 몰라도 홍콩은 꼭 둘이 함께해야 했다. 그러나 그 시절이 지나며 홍콩은 점점 우리 기억에서 잊혔다. 일찍 취업하고, 결혼도 한 토마토는 함께 여행할 시간을 내기 어려웠다. 그러다 나 홀로 홍콩에 왔다. 명품에 큰 관심이 없는 내게 홍콩은 쇼핑이 아닌, 영화의 도시였다. 오래전 친구와 봤던 영화 속 주인 공들처럼 그들이 거닐던 거리를 걸었다. 이어폰을 끼고 이층 버스를 타고 시내를 둘러봤다. 영화 〈중경삼림〉에 나온 미드 레벨 엘리베이터를 타고 슈퍼마켓에서 파는 파인애플 통조림을 보며, 친구를 떠올렸다. 그리고 숙소에 돌아와 종일 찍은 사진들을 친구 토마토에게 보냈다.

"여기가 그 엘리베이터야."

"거리와 건물들이 영화랑 똑같다. 신기해!"

'너도 같이 왔으면 좋았을 걸.' 그 말을 여러 번 하고 싶었지만, 꾹 참았다. 직장과 가정, 여러 상황으로 함께 오지 못한 친구의 마음이 힘들까 봐…. "나 대신 사진 많이 찍어서 보여줘."라고 했던 친구의 목소리가 여행 내내 귓가에 맴돌았다.

홍콩 거리를 걸으며 만난 한 가게 앞, 많은 이들이 줄을 서서 에그타르트를 기다리고 있었다. 노란 빛의 먹음직스러운 모습에 나도 그 줄에 동참했다. 내 순서가 되어 손에 쏙 들어온 에그타르트 하나. 한 입 베어 물자 바삭하고 따뜻한 기운이 전해졌다. 토마토와 홍콩에 와야 할 새로운 이유가 하나 더 생겼다. 이 맛은 사진으론 전할 수 없으니까….

"나의 친구 토마토야, 같이 홍콩에 가면 매일 달콤한 에그타르트를 하나씩 먹자. 우리가 홍콩을 그리던 그 시절보다, 인생의 쓴맛을 조금 알게 된 지금의 우리에게 홍콩은 더할 나위 없이 좋을 거야."

또 다른 나를
발견하는
시간

'나의 경력이 아무런 쓸모가 없구나.'라는 생각이 들었던 때가 있다. 워킹 홀리데이로 일본에 가기 전 방송작가로 일했지만, 아이템을 찾고 자료를 수집하고 출연자를 섭외하고 대본을 썼던 일들은 언어가 바뀐 나라에서는 쓸모없는 경험처럼 느껴졌다. 생활만 가능한 수준의 일본어로는 한국에서 했던 일을 똑같이 할 수 없었기

에, 경력과 상관없는 아르바이트를 찾아야만 했다. 여러 군데 이력서를 쓰고 면접을 보며 기분이 울적했던 어느 날, 이케다 상이 생각났다. 용기를 내어 그녀에게 문자를 보냈다.

"안녕하세요. 오랜만이에요. 저를 기억하시나요?"
"당연히 기억하죠! 도쿄에 왔군요. 우리 만나요."

이케다 상은 후지텔레비전의 프로듀서다. 일본에 오기 전 그녀는 내가 속한 방송 제작팀으로 교환연수를 왔고, 한창 일본어를 배우던 나는 그녀와 일본어로 대화를 나누었다. 그녀는 도쿄에 오면 꼭 연락하라며 자신의 명함을 건넸다. 일본인의 호의는 진심인지 헷갈릴 때가 있지만, 그때의 나는 '한국에서 일하던 나'를 알고 있는 이를 만나고 싶었다.

약속 장소인 시나가와역에 도착했다. 높은 건물의 회사들이 모인 시나가와는 꼭 옛 직장이 있던 여의도와 닮았다. 이케다 상을 따라 뒷골목의 작은 선술집으로 향했다. 한국에서 만났던 다른 이들의 안부, 도쿄에 대한 인상을 나누며 대화는 무르익었다.

"정말 도쿄에 오다니 대단해요. 기분이 어때요?"

"사실 조금 우울해요. 제가 한국에서 했던 경력이 여기선 쓸모가 없어요. 일본어를 그만큼 잘하지 못하니까요."

그녀는 나의 넋두리를 한참 들어주었다. 아르바이트 면접에 떨어진 이야기, 쓸쓸하고 고단하고 외로운 마음들, 나도 모르게 속내를 술술 털어놓았다. 이곳에서의 내가 아닌, 과거의 나를 알고 있는 그녀를 통해 '나는 괜찮은 사람'인 걸 확인하고 싶었나 보다.

그사이 주문한 음식이 우리 앞에 놓였다. 도자기로 만든 작은 컵의 뚜껑을 열었더니 밝은 노란 빛이 도는 음식이 보였다. 일본식 계란찜 차완무시라고 했다. 작은 수저가 푹 들어갔다. 푸딩처럼 부드러웠다. 적절하게 간을 맞춘 순두부처럼 입에서 사르르 녹았다. 두 눈이 휘둥그레졌다.

"한국의 계란찜과 닮았는데, 맛이 완전히 달라요."
"이건 일본 음식이니까요."

그렇지. 나는 지금 서울이 아닌 도쿄에 있다. 맛은 달라도 주재료는 변하지 않듯 이곳에서 내가 다른 사람이 된 건 아니다. 꼭 서울에서 했던 일을 해야 할 이유가 있을까. 일본에서는 또 다른 맛

을 내며 살아도 좋지 않을까. 찻잔 바닥에 남은 마지막 차완무시를
먹으며 생각했다.

'지금, 이 시간은 또 다른 나를 찾는 기회가 될지도 몰라.'

두 이방인의
한 끼

처음 도착한 도쿄의 겨울 날씨는 매서웠다. 설상가상으로 도쿄
에서 직장을 다니던 동생이 한국으로 돌아가면서 홀로 도쿄에서
지내게 됐다. 워킹 홀리데이 비자를 받았으니 어서 일을 구해야 했
는데, 평소 관심 있던 일을 해보고 싶었다. 스타벅스 면접을 봤지
만, 일본어가 유창하지 않고 1년짜리 비자를 가진 내게는 기회가

주어지지 않았다. 일곱 번째 면접을 보던 날, 맞은 편에 앉은 스타벅스 매니저가 말했다.

"어렵겠어요. 커스텀 메뉴가 많은데 이 일이 익숙해지려면 1년은 걸리거든요. 유학비자도 아니고, 기간이 짧은 워킹 홀리데이 비자는… 미안합니다. 스미마셍."

반복하여 듣는 '스미마셍'에 지쳐버렸다. 면접을 보고 떨어지기를 반복하다 보니 이제 면접에서 '스미마셍' 3초 전의 난감한 기운을 감지할 수 있게 되었다. 엔화가 1,700원으로 급등한 때라 통장의 돈도 점점 사라지고 있었다. 결국 집 근처에서 아르바이트를 하게 되었다. 미타카역 앞 KFC에서 일을 하면서 태국인 쿠도 마호를 만나게 되었다. 일본인과 결혼한 마호는 한국에 관심이 많고, 여행도 자주 간다며 날 보자마자 또박또박한 목소리의 한국어로 인사를 건넸다.

"언니, 나는 마호입니다. 태국인이에요. 반가워요."
"어머, 저도 만나서 반가워요."

일본에서 같은 이방인인 우리는 KFC 매장에서 아침 10시부터 오후 5시까지 일하는 풀타임 근무자였다. 점장 다음으로 가장 많은 주문을 받고, 치킨을 튀기며, 테이블을 닦았다. 처음 해보는 패스트푸드점 아르바이트는 쉽지 않았다. 평소엔 잘 쓰지 않는 일본어 겸양어가 낯설어서 발음 나는 대로 적은 한국어 메모를 몰래 보며 주문을 받곤 했다. 늘 긴장된 상태로 출근하는 내게 마호는 한국어로 물었다.

"언니, 밥 먹었어?"

끼니를 챙겨주는 말을 외국인 친구에게 듣다니, 모국어로 들은 그 말 한마디에 마음이 사르르 녹았다. 우리는 아르바이트가 끝나면 늦은 저녁을 함께 먹었다. 햄버거와 치킨이 아닌 진짜 '밥'이었다. 마호는 나를 근처 24시간 규동 전문점 요시노야로 이끌었다. 얇게 썬 소고기를 쯔유에 졸인 달짝지근한 규동에 온천 계란 한 알을 추가하고 분홍빛의 생강 초절임을 살짝 얹어 먹으면 하루의 긴장이 풀렸다. 일렬로 나란히 앉은 두 이방인은 수저가 아닌 양손으로 국그릇을 잡고 호로록 미소시루를 마셨다.

"크, 시원하다."

서로의 곁을 지키며 함께한 한 끼의 규동과 미소시루 덕분에 도쿄의 겨울은 더 이상 매섭지 않았다.

吉野家 YOSHINOYA
http://www.yoshinoya.com

나의
유일한
사치

워킹 홀리데이로 도쿄에 있던 해는 100엔이 한화 1,700원을 하던 때였다. 솟구치는 엔화 환율로 모아둔 한국 통장 잔고가 불안했고, 바로 아르바이트를 구했다. 여행과 삶은 달랐다. 여행자로 왔을 때는 돈보다 욕구가 앞서서 '돌아가서 다시 일하면 되지!' 하는 마음에 지갑을 열었지만, 생활자가 되니 태도가 달라졌다. 외국인

노동자에게 100엔은 큰 금액이었다. 이전엔 850~900원이었던 도넛의 가격이 두 배로 껑충 뛰었다. 내 삶을 온전히 스스로 책임져야 했던 그 시절, 처음으로 가계부를 쓰기 시작했다.

3개월간 기치조지에 있는 어학교를 다녔다. 교통비를 아끼기 위해 매일 30분을 달려 자전거로 등교했다. 1월의 바람은 매서워서 모자와 장갑을 껴야만 했다. 당시 같이 살던 한국인 룸메이트는 잘 맞지 않았고, 서툰 일본어로 처음 해보는 아르바이트도 낯설었다. 내가 원하고 선택해서 온 워킹 홀리데이였는데 '왜 직장을 그만두고 여기에서 이러고 있는 걸까?'라는 생각이 들면 마음에도 찬 바람이 들어왔다.

스물여덟, 처음으로 '나를 돌보는 것'에 대해 생각했다. 몸과 마음이 바쁘고 고단할수록 내가 나를 위해 할 수 있는 배려를 찾는 것. 내가 좋아하는 것이 무엇인지 살피고, 가끔은 생활자가 아닌 여행자가 되어 지갑을 열 필요도 있었다. 그 시절 나를 돌보는 행동 중 하나는 기치조지역 근처의 카페 산마르크에 가는 것이었다.

"초코크로 하나와 커피 한 잔 포장해주세요."

한 개에 170엔인 산마르크의 초코 크루아상은 내가 부릴 수 있는 유일한 사치였다.

아르바이트가 없는 오후, 어학교 수업이 끝나면 산마르크 카페에 갔다. 초코크로 하나와 커피 한 잔을 들고 이노카시라 공원으로 향했다. 벤치에 앉아 봉투에 담긴 바삭한 초코크로를 꺼내 한 입 베어 물면, 따끈한 기온에 살짝 녹은 초콜릿이 입안 가득 진하게 퍼지며 "행복하다."는 말이 저절로 나왔다. 불어오는 바람은 더 이상 춥지 않고 시원했다. 따끈한 커피를 호호 불어가며 한 모금 마시고 고개를 들어 나무를 올려다보니 이른 봄의 공원, 앙상한 나뭇가지들 사이 연둣빛의 작은 새순이 올라오고 있는 게 보였다.

Saint Marc Cafe
http:// saint-marc-hd.com

벚꽃이
피는
봄이 오면

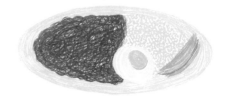

　오전 아르바이트를 마치고 집으로 돌아오는 길이었다. 구니타
치역에서 우연히 같은 셰어하우스에 사는 독일인 미카엘을 만나
함께 점심을 먹게 되었다. 그는 나를 집 방향이 아닌 반대쪽 출구
로 이끌며 말했다.

"반대쪽 출구에 멋진 카페가 하나 있어."

"저쪽으로는 한 번도 안 가봤는데…."

그가 이끄는 대로 남쪽 출구로 나오니 진풍경이 펼쳐졌다. 그제야 이 동네가 영화 〈4월 이야기〉의 배경지라는 걸 깨달았다. 히토츠바시 대학으로 향하는 길가는 벚꽃이 만개했다. 육교 위에서 보는 봄의 풍경은 아름다웠다. 파란 하늘 아래 온통 분홍빛으로 물든 거리, 곳곳에서 자전거를 타고 가는 이들이 보였다. 미카엘이 말했다.

"일본의 4월이 좋아. 벚꽃이 정말 아름답거든."

출장으로 자주 일본을 오가던 그는 봄의 벚꽃에 마음껏 취할 수 있는 4월이 가장 좋다고 했다. 이번에 일본으로 파견을 온 것도 그 이유였다.

그를 따라 골목 사이 "로지나 사보"ロージナ茶房라고 쓰인 카페로 들어섰다. 1953년에 문을 연 카페는 한 눈에도 옛 정취가 물씬 풍겼다. 카페 내부의 분위기는 더 고풍스러웠다. 대학가라 그런지 연극, 공연 포스터들이 게시판에 붙어 있었다. 런치 세트로 인기가 많다고 표시된 자이 카레ザイカレー, 소고기 카레를 주문했다. 음식

이 나오길 기다리며 미카엘과 이야기를 나누었다. 석 달간 함께 지낸 프랑스 친구들이 본국으로 모두 돌아간 후, 셰어하우스에 새로 들어온 그와 제대로 이야기를 나눈 건 처음이었다. 우리가 지낸 셰어하우스는 다른 지역보다 저렴했는데, 그 이유는 북쪽 출구에서 집까지 꽤 멀었고 언덕길을 올라야만 했기 때문이다. 그가 말했다.

"집에 가는 길에 멀리 자판기 불빛이 보이면 희망이 생기지 않아?"
"맞아! 나도 그래."

셰어하우스 앞엔 음료 자판기가 있었다. 구니타치역에서 집까지 도보로 30분은 가야 했는데, 마지막 골목을 돌면 멀리 작은 불빛이 보였다. 어둠이 짙은 캄캄한 밤, 작은 빛이 점점 커지고, 어떤 음료가 있는지 알게 되면 우리의 집이 가까워진 것이다. 같은 장면을 떠올리며 우리는 깔깔 웃었다.

우리가 주문한 자이 카레가 나왔다. 하얀 밥과 카레, 그 위에 올려진 반쪽의 달걀, 두 덩이의 오이 피클, 진한 갈색빛이 감도는 카레는 오랜 시간 뭉근히 끓인 듯 깊은 맛이 난다. 입안을 포근하게 감싸는 감칠맛은 아마도 오랫동안 볶은 양파에서 우러난 맛이겠지. 잘게 다진 소고기가 씹히면서 매콤하다. 봄이 오기 전에 이 동네로 이사 오길 참 잘했다.

Rōjina Sabō (ロージナ茶房)

Instagram @poanha
1-9-42,Naka,Kunitachi-shi, Tokyo, Japan

이제는
말할 수
있다

나는 **빵**보다 밥이 좋다. 하루 한 끼는 쌀을 먹어야 기운이 난다. 국수, 파스타, 분식으로 끼니를 해결한 날은 배가 불러도 왠지 허전하다. 저녁에 집에서 치킨을 먹을 때면 꼭 밥 한 덩이를 곁들인다. 누구에게도 말하지 못한 나의 취향에 찬성표를 얻은 건 일본에서였다.

거주지 등록을 위해 들른 시청의 게시판에서 또박또박한 글씨의 한글로 쓰인 메모를 읽었다.

"저는 재일교포, 김창자입니다. 저와 언어 교환하실 분 없을까요? 한국어를 배우고 싶어요."

하단에 적힌 그녀의 번호로 메시지를 보내면서 우리의 인연이 시작됐다. 일본어 이름은 마사코였지만, 창자로 불러주길 바랐다. 재일교포 2세인 창자는 대학교 때 일 년간 이화여대 한국어학당을 다녔다고 했다. 그녀의 한국어 실력은 나의 일본어보다 뛰어났다. 우리는 매주 한 번씩 만나 한 시간은 일본어로, 한 시간은 한국어로 천천히 이야기를 나눴다. 창자가 말했다.

"한국의 양념치킨, 진짜 맛있어."
"난 프라이드가 더 좋은데, 혹시 떡볶이도 좋아해?"
"응! 튀김을 떡볶이 국물에 찍어 먹는 거 좋아."

한국에서 먹었던 음식을 그리워하는 그녀를 위해 셰어하우스에서 종종 요리를 했다. 오쿠보의 한인 마트에서 떡볶이 떡을 사서 고추장과 어묵을 듬뿍 넣었다. 떡볶이를 먹으며 조심스레 그녀에게 고백했다. 그 누구에게도 말하지 못한 나의 은밀한 취향이었다.

"사실 나는 떡볶이를 먹는 이유가 남은 양념으로 만드는 볶음밥을 먹고 싶기 때문이야. 그리고 치킨을 먹을 때 밥도 같이 먹어야 속이 든든해."

어느 날, 셰어하우스 1층 부엌에서 함께 차를 마시던 창자가 내게 물었다.

"지혜, 너 텐동 먹어봤어?"
"가츠동 같은 거야?"
"밥 위에 튀김을 얹은 거야. 네가 좋아할 거 같은데…."

우리는 밖으로 나왔다. 4월의 봄이었다. 어두워진 밤거리에 하얀 벚꽃 잎이 흩날렸다. 씩씩하게 앞장서는 그녀의 뒤를 따라 체인점 "텐동텐야"에 갔다. '매월 18일, 오늘은 텐야의 날'이라고 쓰인 플래카드가 펄럭였다. 기존의 텐동을 할인하여 390엔의 상큐[thank you] 텐동을 주문했다. 고슬고슬 지어진 하얀 쌀밥 위에 새우, 연근, 호박, 오크라 튀김을 얹고 특제 소스를 뿌렸다. 젓가락으로 밥과 튀김을 함께 맛보았다. 튀김만 먹었다면 느끼하다는 신호를 감지

했을 나의 위를 하얀 쌀밥이 감싸주었다. 창자가 맛이 어떤지 물었다. 나는 눈을 크게 뜨며 답했다. 마음 깊은 곳에서 우러난 완벽한 일본어였다.

"오이시이"おいしい

Tendontenya
http://www.tenya.co.jp/

여름의
파르페

도쿄 구니타치의 셰어하우스로 이사한 후, 집 근처에서 아르바이트를 하나 더 구했다. 일본 워킹 홀리데이의 꽃이라고 할 수 있는 콘비니, 편의점 아르바이트다. 편의점에서 일하면 도시락으로 식사도 할 수 있고, 종종 유통기한이 임박한 제품을 무상으로 받을 수도 있다. 아르바이트 시간은 오전 6시부터 9시까지로, 자전거로

15분이 걸리는 거리에 있는 미니스톱이었다. 매일 아침 아직 동이 트기 전인 5시 반이면 자전거를 타고 집을 나섰다. 편의점에 도착해서 심야 아르바이트생에게 인수인계를 받고 나면 하루가 시작된다.

처음 해보는 편의점 아르바이트는 많이 어렵지 않았다. 수시로 돌아다니며 손님들이 가져간 상품을 채워 넣거나 앞쪽으로 진열하기, 새로 들어온 도시락, 삼각김밥, 디저트 등을 채우면서 유통기한이 지난 것은 매대에서 빼기, 손님이 오면 계산하기가 전부였다. 아침 출근 시간이면 손님이 몰려서 정신없이 바쁘기도 했지만, 그때가 지나면 숨을 돌릴 수 있었다. 이른 아침에는 아르바이트를 지원하는 사람들이 많지 않아 처음에는 점장과 함께 일을 했었는데, 어느 날 새로운 아르바이트생이 파트너가 되었다.

"안녕하세요. 미키히로입니다. 한국인이죠?"
"네. 한국인이에요. 근데 저 일본어 할 줄 알아요."

호기롭게 영어로 인사를 건넨 미키히로는 나의 일본어 대답에 실망한 눈치였다. (이후에 알고 보니 그는 캐나다에서 어학연수를 한 경험이 있어 외국인과 영어로 대화를 하고 싶었다고 한다.) 와

세다 대학교 신입생인 그는 성격이 밝고 유쾌했다. 한국의 막내 동생과 나이가 같아 더욱 친근하게 느껴졌다. 미키히로의 집은 내가 살던 셰어하우스와 가까이에 있었고 셰어하우스에는 캐나다인, 독일인, 미국인 친구들이 있었기에 영어로 말하고 싶어 했던 그는 우리 셰어하우스의 단골손님이 되었다.

"미키, 오늘은 저녁에 떡볶이를 먹을 거야. 건너올래?"
"좋아요. 제가 아이스크림을 사갈게요!"

아르바이트에서 만난 미키, 시청에 남긴 쪽지를 통해 만난 재일교포 친구 창자, 도쿄 국제영화제에서 일하면서 만난 사토시, 셰어하우스의 리차드까지 우리는 종종 함께 식탁에 앉아 음식을 나누며 이야기 꽃을 피웠다. 셰어하우스의 마당에서 작은 불꽃 놀이를 하기도 했다.

무더운 여름이 가까워지자 미니스톱 파르페 광고 포스터가 나왔다. 일본 편의점 디저트는 꽤 유명한데, 특히 미니스톱의 직원이 직접 만들어주는 여름의 파르페는 잘 팔리는 인기상품이라고 했다. 점장은 우리에게 소프트아이스크림을 내리는 법을 알려주었다.

"너무 힘을 줘서도 안 되고, 심하게 움직여도 안 되니까 잘 보고 한번 해봐요."

"으아, 이번에도 실패했어요."

이제껏 회오리 모양의 길고 뾰족한 소프트아이스크림을 먹기만 했지 어떻게 담는지 유심히 본적은 없었다. 콘이나 파르페용 컵에 아이스크림을 예쁘게 담기 위해서는 힘 빼기의 기술이 필요했다. 여러 번 실패를 거듭한 끝에 적절한 힘과 방향을 찾았지만, 여전히 주문을 받고 기계 앞에 서면 긴장이 됐다.

오후까지 긴 시간 아르바이트를 하던 어느 날, 쉬는 시간이 되어 손님으로 미키히로에게 복숭아 파르페를 주문했다. 아래로 갈수록 좁아지는 긴 파르페 전용 컵, 맨 아래에 통조림 백도 복숭아 조각과 시럽, 그 위로 바닐라 소프트아이스크림, 토핑으로 복숭아 조각들이 듬뿍 올려진 파르페를 미키히로가 건네며 말했다.

"엔조이!"Enjoy

무더운 여름이 오면 친구가 만들어준 파르페를 먹던 달콤하고 시원한 30분의 휴식이 그리워진다.

귀여운
쿠키

불어오는 바람이 따스하게 느껴지던 어느 날, 일본인 친구 사토
시에게 연락이 왔다.

"주말에 같이 가마쿠라에 가지 않을래?"
"좋아. 가마쿠라 가보고 싶었어!"

농구를 즐기지 않아도 만화 《슬램덩크》는 좋아했다. 친구가 학교에 가져온 작은 단행본을 몇 번이나 돌려봤는지, 이후에 만화의 주요 배경이 가마쿠라라는 걸 알고 일본 워킹 홀리데이 중 가고 싶은 장소 리스트에 적어두었다.

미타카역에서 전철로 약 1시간 30분 거리에 있는 가마쿠라는 일본의 가나가와현, 도쿄의 남서쪽에 있다. 하루 당일치기로 가능한 곳이라 가벼운 몸과 마음으로 얼마든지 떠날 수 있었다. 우리는 가마쿠라에서 탈 수 있는 전차 에노덴을 타고, 에노시마까지 갔다가 해 질 녘에 다시 돌아오기로 했다.

도쿄에서 조금 멀어졌을 뿐인데, 북적이던 시내와 달리 한적하고 고요한 마을 풍경이 펼쳐졌다. 에노덴을 타고 해안가를 달리던 중 눈앞에 펼쳐진 바다를 보며 잠시 넋을 놓았다. 이곳이다! 우리는 만화 《슬램덩크》로 유명한 가마쿠라고등학교 앞에 내려서 철길 건널목이 보이는 곳에 섰다. '여기에서 강백호와 소연이가 만났던 것 같은데.'라고 기억을 더듬으며, 사진을 남겼다. 가마쿠라의 상점 거리, 아기자기한 기념품들, 센베와 모찌를 파는 달콤한 냄새에 취해 있을 때, 친구가 나의 손을 잡고 작은 가게로 이끌었다.

"가마쿠라에 왔다면 이걸 먹어봐야 해."

그가 건넨 커다란 비둘기 모양의 쿠키는 하토 사브레鳩サブレー로, 밀가루와 버터 그리고 계란을 주재료로 만든 쿠키였다. 일본어로 하토는 비둘기니까 '비둘기 쿠키'라고 하면 될까. 100년도 넘게 사람들의 사랑을 받은 달콤한 비둘기가 내 손에 쥐어졌다. 심하게 바스락거리지도, 딱딱하지도 않고 적당히 촉촉한 쿠키. 길에서 만나는 비둘기는 반갑지 않아도, 쿠키로 만난 비둘기는 귀엽고 사랑스러웠다. 셰어하우스의 친구들을 생각하며 하토 사브레 한 박스를 샀다. 귀여운 건 언제나 옳다.

豊島屋 Toshimaya
2 Chome-11-19 Komachi, Kamakura, Kanagawa 248-0006, Japan

도쿄
산책

　도쿄의 시간은 서울보다 천천히 흘렀다. 모든 계절을 충분히 누리며 시간을 보내서였을까. 워킹 홀리데이의 마지막 두 달을 앞두고, 도쿄 국제영화제에서 일하며 새로운 일본인 친구를 사귈 수 있었다. 그중 한 명이 토요다 사토시였다. 자기소개를 한 그에게 우리가 '토요다 자동차'라고 하니, 그는 방긋 웃으며 맞다고 말했다.

사토시와 재일 교포 친구 창자, 편의점에서 만난 미키히로, 이렇게 우리 넷은 자주 어울렸다.

"한국으로 돌아가기 전, 매주 같이 도쿄 산책을 하지 않을래?"

사토시의 제안을 흔쾌히 받아들였다. 주말 중 하루는 셰어하우스에 다 같이 모여 밥을 먹기도 하고, 시간이 되는 친구들과 함께 도쿄 산책을 시작했다. 일본 영화 〈텐텐〉에서 두 남자가 도쿄 산책을 하듯, 매주 사토시가 이끄는 도쿄를 거닐었다.

12월 초의 도쿄는 아직 가을이 한창이었다. 첫 주 토요일, 집에서 가까운 타카오산에 가기로 했다. 도쿄 시내에서 갈 수 있는 가까운 하치오지시의 타카오산, 이곳의 가을은 무척이나 아름답다고 했다. 우리는 산 입구에서 만나 함께 리프트를 타고 산 중턱까지 올랐다. 붉고 노랗게 물든 잎사귀를 뽐내는 나무들을 스치며 도쿄의 가을을 만끽했다. 도쿄 산책을 제안해준 사토시에게 고마웠다.

타카오산의 명물은 토로로 소바다. 정성스럽게 간 마를 올리고 그 위에 노른자를 얹은, 진한 쯔유에 담긴 소바를 함께 섞어서 먹으면 입안 가득 짭조름하면서 달고 건강한 맛이 느껴진다. 한국에서는 마를 먹어본 기억이 없었는데, 일본인들은 토로로, 참마라는 식재료를 좋아하는 것 같다. 끈적하면서도 미끈한 식감의 참마, 토로로를 소바에도, 밥에도 얹어 먹는 걸 보면 말이다. 토로로와 소바를 함께 먹으니, 맛이 나쁘지 않았다.

"이 토토로 소바 맛있다."
"하하, 이웃집 토토로도 좋아할 거 같은 토로로 소바지?"

친구 덕분에 웃으면서 소바를 먹다 보니 워킹 홀리데이의 지난 날들이 떠오르면서, 도쿄에 오기를 잘했다는 생각이 들었다. 일본에서 사계절을 만끽할 수 있어서, 다정한 친구와 함께 도쿄를 산책할 수 있어서 다행이다.

Takahashiya

http://www.takahasiya.com
2209 Takaomachi, Hachioji, Tokyo 193-0844 , Japan

자상한
시간

　우유와 설탕이 들어 있지 않은 커피를 즐기게 된 건 일본에서 지
내면서다. 일본의 카페엔 저렴한 점심세트 메뉴가 있는데 브렌도
코히 ブレンドコーヒー, 블렌드 커피가 포함되어 있다. 카페마다 원두를
블렌딩하여 내린 그 카페의 대표 커피, 나는 카페 각각의 다른 맛
이 나는 블렌드 커피의 매력에 빠졌고 이후 드립커피를 좋아하게

됐다. 삿포로 여행을 앞두고 있을 때, H 언니가 말했다.

"삿포로에 가면 후라노의 숲의 시계를 꼭 가봐. 일단 드라마 〈자상한 시간〉부터 봐야 해."

H 언니의 추천을 받아 오래된 일본 드라마 〈자상한 시간〉을 보았다. 드라마 속 주인공은 사고로 아내를 잃은 남자다. 그는 아내의 고향인 후라노에서 숲의 시간이라는 카페를 운영한다. 마스터라 불리는 남자에겐 아들 타쿠로가 있다. 타쿠로는 후라노와 멀지 않은 비에이에서 도예를 배운다. 가족의 이야기를 다룬 잔잔한 드라마였다. 특히 주요 배경이 었던 설경의 후라노, "숲의 시계"는 꼭 가보고 싶었다.

삿포로에서 후라노행 버스를 타고 눈이 쌓인 산길을 통과했다. 조금씩 내리던 눈은 이내 잦아드는 듯하더니, 다시 펑펑 쏟아졌다. 하얀 눈으로 덮인 끝없는 들판을 보며, 보랏빛의 라벤더로 물든 여름의 삿포로를 상상했다. 버스에서 내려 입구로 들어서자 드라마에서 본 문구가 눈에 띄었다.

"森の時計はゆっくり時を刻む。"

(숲의 시계는 천천히 시간을 새긴다.)

　바리스타의 움직임을 가까이 볼 수 있는 오픈형 탁자에 앉았다. 드라마 속 마스터처럼 머리가 희끗한 바리스타가 메뉴판을 건넸다. 첫 번째로 쓰인 메뉴는 브렌도 코히였다. 커피를 주문하니 그는 내게 커피 원두가 담긴 통과 수동 그라인더를 건넸다. 작은 수동 그라인더에 로스팅된 원두를 넣고 손으로 돌리니 서걱서걱 원두가 부딪치며 갈리는 소리가 났다. 바리스타에게 수동 그라인더를 다시 건네자, 그는 곱게 갈린 가루를 그릇에 담아서 내게 건네어 향을 맡게 해주었다. 갓 갈아낸 신선하고 고소한 원두 향이 코끝을 부드럽게 스쳤다. 마스터는 내가 간 원두로 천천히 핸드 드립을 시작했다. 쪼르르 커피가 내려지는 걸 보며 넓은 창 너머 펑펑 내리는 눈을 구경했다. 하얀 눈송이들이 도톰한 솜이불이 되어 앙상한 가지를 따스하게 덮어주었다. 따스한 잔을 두 손으로 감싸 나에게 주어진 자상한 시간, 커피 한 잔을 마시며 천천히 이 시간을 마음에 새긴다.

珈琲 森の時計 Morinotokei

http://www.princehotels.co.jp/shinfurano/restaurant/morinotokei/
New Furano Prince Hotel in Nakagoryo, Furano City, Hokkaido, Japan

어른이
되는
과정

2월의 삿포로는 눈 축제가 한창이다. 삿포로의 중심인 오도리 공원의 설경과 유키마츠리라 불리는 눈축제의 조각상을 보면서 이곳이 겨울왕국이라는 생각이 들었다.

겨울의 삿포로를 방문한 건 두 번째였다. 이번 여행에서는 꼭 도전하고 싶은 음식이 있었다. 징기스칸이라 불리는 삿포로의 양고기 구이였다. 홀로 고깃집에서 고기를 구워 먹을 배짱이 없던 내게 용기를 준 건 일본 드라마 〈결혼 못 하는 남자〉였다. 주인공 아베 히로시의 연기는 매회 빛이 났고 유쾌했다. 식당을 찾은 그가 "히토리데스(혼자입니다)."라고 말하는 장면을 보며 그 말을 따라서 연습했다.

밖에서 혼자 하는 식사 중 가장 높은 단계를 꼽자면 고기를 구워 먹는 것 아닐까. 사람들의 시선에 아랑곳하지 않고 나 홀로 고기를 구울 수 있다면 진짜 어른이 된 느낌이 들 것 같았다. 한국에서는 혼자 고깃집에 가보지 않았지만, 여기는 혼밥의 천국 일본이 아닌가. 나는 호기롭게 구글맵에서 가장 가까운 삿포로 징기스칸 체인점인 "다루마"를 찾았다. 인기가 많은 탓에 밖에서 줄을 서서 기다려야 했고, 30분이 지난 뒤에야 그동안 연습했던 "히토리데스."를 말한 후 자리에 앉을 수 있었다.

작은 화로에 숯불과 철판이 놓였다. 봉긋 솟은 화로 주변으로 크게 썰린 양파와 대파를 먼저 굽고, 양고기의 비계로 골고루 기름칠을 한 뒤, 고기 몇 점을 올려서 색깔이 살짝 바뀔 정도로만 구워 소스에 푹 찍어 먹었다. 〈결혼 못 하는 남자〉의 아베 히로시가 떠올랐다. 세상에서 가장 행복한 표정으로 느긋하게 고기를 굽고, 진지한 표정으로 음미하며 맛보던 그의 모습과 내 모습이 겹쳐졌다. 아무도 알 수 없는 나만의 퀘스트를 깬 날, 나도 모르게 실실 웃음이 나왔다. '고깃집에서 혼자 고기 구워 먹기, 성공' 이렇게 어른의 경험치가 한 칸 더 쌓여간다.

だるま本店 Daruma honten

http://sapporo-jingisukan.info/
Hokkaido, Sapporo, Chuo Ward, Minami 5 Jonishi, 4 クリスタルビル 1F

한 번뿐인
인연을 위한
커피

국제구호개발기구에서 일하면서 처음으로 아프리카 땅을 밟게 됐다. 출장 전 오리엔테이션을 해준 사업 부서의 동료가 물었다.

"에티오피아는 처음이죠?"
"네. 에티오피아뿐만 아니라 아프리카 출장은 처음이에요."

"첫 출장은 첫사랑과 같다고 말하는데, 에티오피아라니! 평생 잊을 수 없겠어요."

에티오피아에 다녀온 이들은 모두 입을 모아 에티오피아를 가리켜 특별한 나라라고 했다. 유일하게 유럽 식민 지배를 물리치고 독립을 쟁취하여 역사적 자존심이 강한 그들은 커피에 대한 자부심도 남달랐다. 최초로 커피를 발견한 그곳엔 세상에서 하나뿐인 '커피 세리머니'가 있다. 단 어디를 가나 있는 벼룩은 조심하라고, 동료는 내게 벼룩이 싫어한다는 계피 조각을 챙겨주었다.

계피 냄새를 폴폴 풍기며 아디스아바바 공항에 도착했다. 도심 가득한 매연에 눈과 목이 따가웠다. 차를 타고 비포장도로를 달리니, 차창 밖으로 흙먼지 바람이 불었다. 왈캉달캉 달리는 차 안에서 온몸이 쑤시기 시작할 무렵 사업장에 도착했다. 현지 직원들은 환한 미소를 지으며 나와 동료를 맞아주었다. 하얀 전통 옷을 입은 여인은 초록색 잎사귀를 바닥에 깔았다. 그 위에 숯이 담긴 화로를 놓고, 투박한 쇳덩이 팬에 연둣빛의 생두를 좌르르 쏟았다. 그가 팬을 움직일 때마다 경쾌한 소리와 함께 생두의 색과 향이 점점 짙어졌다. 어두운 갈색으로 볶아진 커피콩을 절구에 넣고 빻은 뒤 주둥이가 긴 커피포트에 물을 넣고 끓여 곱게 갈린 커피 가루를 넣고 한참 우렸다. 그리고는 손잡이가 없는 작은 잔에 커피를 따랐다. 정성을 다하여 달인 한약처럼, 진한 색의 커피 한 잔을 받기까지 한 시간이 걸렸다. 이것이 바로 에티오피아의 환영 인사 '커피 세리머니'였다.

취재를 위해 현지 가정을 방문했을 때도 마찬가지였다. 한국 후원자들의 도움으로 마을에서 공부를 마치고 대학 진학을 앞둔 아이의 집을 찾았을 때, 아이의 어머니는 우리 앞에서 커피콩을 볶았다. 인터뷰 내내 집안 가득 진하고 고소한 향이 퍼졌다. 커피를 마시면 또 커피를 따라주었다. 더는 안 주셔도 된다며 손사래 치자 직원이 웃으면서 말했다.

"에티오피아에서는 '분나 마프라트'Bunna maffrate, 커피 세리머니라고 해요. 우린 서로의 일생에 한 번뿐인 인연일 수도 있으니까요. 상대방의 우애, 평화, 축복을 기원하며 하루 3잔 이상은 함께 마셔요."

일생에 한 번뿐인 인연을 위한 커피, 그 말을 들으니 거절할 수가 없었다. 여러 집을 돌며 이야기를 나눈 날엔, 방문한 집만큼 커피잔을 받아 마셨다. 일정을 마치고 돌아온 캄캄한 산속의 숙소에서 램프를 켜고 모기장 안에 누워 잠을 청해 보지만, 피곤한 몸에도 두 눈은 말똥말똥했다. 결국 잠들지 못하고 숙소 밖으로 나와 하늘을 봤다. 서울처럼 높은 건물이 없어 고개를 들지 않아도 보이는 별들이 까만 밤하늘에 보석처럼 박혀 있었다. 밤하늘을 바라보고 있자니 커피 한 잔에 담긴 따스한 환대가 떠올랐다. 우린 또 만날 수 있을까, 오늘이 마지막일지도 모르는데 더 맛있게 마실 걸, 더 행복한 표정으로 감탄할 걸, 뒤늦은 후회로 밤을 지새웠다.

吉野家 YOSHINOYA
http://www.yoshinoya.com

안부를
전하고
싶어

  스무 명 남짓의 고등학생들과 함께 대형 버스를 타고 몽골의 초원을 달렸다. 가도 가도 똑같은 풍경, 표지판도 없는 길을 달리는 버스 기사는 내비게이션 없이도 망설임이 없었다. 옆에 앉은 몽골 사무소 직원에게 물었다.

"내비게이션이 없는데, 목적지까지 갈 수 있어?"

"몽골 운전기사들의 특별한 능력이지. 어디든 잘 찾아갈 수 있어."

8월의 여름이었다. 겨울이면 영하 40도까지 떨어지는 몽골은 지금이 방문 최적기였다. 그러나 일정 내내 비가 쏟아졌고 바람이 세차게 불었다. 특별한 능력을 가진 운전기사는 비바람에도 아랑곳하지 않고 목적지까지 우리를 안전하게 데려다주었다.

넓은 초원에 있는 전통가옥 게르에서 지내는 한 가족이 우리를 반갑게 맞았다. 집주인은 귀한 손님이 왔을 때 대접한다는 음식 허르헉을 준비했다. 굵은 돌덩이를 뜨겁게 달구고, 적당한 크기로 자른 양고기를 냄비에 넣은 후, 집게로 돌을 집어 고기 사이사이에 넣고, 감자와 당근도 넣었다. 4평 남짓한 작은 게르 안에 우리는 다닥다닥 붙어 앉아서 가족의 이야기를 들었다. 허르헉의 냄새와 따뜻한 온기가 게르 안을 가득 메웠다. 가족의 아이는 내가 일하는 국제개발기구의 후원 아동이었다. 아이는 한국 후원자에게 받은 편지와 사진을 들고 왔다. 그리고 자신의 후원자와 내 얼굴을 빤히 바라봤다. 아이가 말을 하자, 현지 직원이 통역했다.

"너랑 닮은 거 같대."

"내 후원 아동도 몽골에 있어."

　입사하면서 아동 후원을 시작했다. 처음 받은 사진 속 아이는 나와 같은 검은 머리칼을 양 갈래로 묶고 분홍색 종이꽃을 달고 있었다. 초등학교 운동회 때의 나를 보는 듯했다. 그 아이가 사는 나라, 몽골에 왔다. 멀게 느껴졌던 아이의 일상이 자세히 그려졌다. 몽골은 한국의 7배나 되기에 그 아이가 사는 마을은 이곳과 먼 거리에 있지만, 같은 하늘 아래 있다는 생각에 마음이 설렜다.

"허르헉이 완성됐어요."

"와! 한국의 갈비찜 같아요."

　같이 간 아이들은 신기한 듯 접시에 담긴 고기와 감자를 조심스레 먹었다. 처음 먹어보는 맛이었다. 그 사이 비가 그쳤다. 집주인이 환기할 겸 게르의 문을 활짝 열자, 하늘과 땅을 이은 큰 반원의 무지개가 보였다. 예쁜 무지개를 보며 생각했다. 한국에 돌아가면 후원 아동에게 편지를 써야지. 네가 사는 나라에 갔었다고, 거기에서 세상에서 가장 예쁜 무지개를 보았다고 말이다. 아! 편지의 첫 문장은 새로 배운 몽골어 인사 '셴베노'로 안부를 전하는 게 좋겠다.

그 바다가
길러낸
미역

일본 워킹 홀리데이를 마치고, 귀국 후 3년 만에 도쿄로 출장을 갔다. 동일본 대지진이 일어난 지 1년, 일하고 있는 국제개발기구 일본 사무실의 사업 보고 초청이었다. 초대에 응한 나라는 많지 않았다. 방사능 위험에 대한 보도가 조금씩 나오던 때라 불안한 기운이 감돌았기 때문이다. 하지만 많은 후원금을 지원한 한국의 경우,

후원자들에게 보고할 콘텐츠가 필요했다.

도쿄에서 신칸센을 타고 3시간을 달렸다. 다시 버스를 타고 한 시간 반이 지나 재난 현장에 도착했다. 미야기현의 바닷가 마을 게센누마는 1년 전 동일본 대지진과 쓰나미의 피해가 큰 지역 중 하나다. 가는 길 곳곳 여전히 남아 있는 건물의 잔해가 눈에 띈다. 문득 그런 생각이 들었다. 일본이 이 정도라면, 자원이 부족한 다른 나라의 재난은 회복되기까지 얼마나 긴 시간이 걸릴까. 도착하자마자 눈에 들어온 건 사고 당시 시간에 멈춰버린 시계였다. 어업이 주요 생계 수단이던 마을의 냉동창고는 처참히 부서졌고, 마을 사람들은 1,000톤 이상의 생선이 부패하는 걸 눈앞에서 지켜보아야만 했다. 인터뷰에 응한 마을 주민은 그때를 회상하며 말했다.

"지진 경보가 울려서 대피하고 20분 후 바로 쓰나미가 닥쳤어요. 검은 물에 모든 게 휩쓸려 가던 순간이 여전히 꿈에 나와요."

슬픈 표정을 짓는 그의 얼굴 뒤로 고요히 넘실거리는 검푸른 바다가 보였다. 마을 풍경이 낯설지 않았다. 바다가 가까운 외갓집에서 보낸 여름방학이 떠올랐다. 외삼촌의 배를 타고 바다로 나가기도 하고, 썰물이면 너른 갯벌에서 바지락을 캐곤 했다. 모든 걸

품어주던 다정한 바다가 모든 걸 삼켜버렸을 때 주민들의 마음이 어땠을까. 후원금으로 이재민의 삶을 지원한 현장을 둘러보았다. 재난 이전과 같지는 않아도 주민들의 삶은 조금씩 회복되고 있었다. 우리는 그들의 생계가 되는 어업의 재개를 돕는 배를 마련하고, 냉동창고 시스템을 구축했다.

한 주민의 배를 타고 바다로 나갔다. 그는 검푸른 바다에서 양식하는 미역을 힘껏 건져 올렸다. 다시 육지로 돌아왔을 때 마을 주민들은 우리를 위해 한 상을 차렸다. 직접 채취한 미역, 톳과 같은 해초류가 데쳐지고, 뜨끈한 된장국이 끓고 있었다. 한 여성이 밝은 표정으로 밥과 미역이 담긴 그릇을 내게 건네며 말했다.

"미역 샤브샤브, 먹어보세요."

순간 멈칫하며 망설여졌다. '먹어도 괜찮을까? 방사능에서 안전한 걸까?' 하는 생각이 들었기 때문이다. 바다가 삶의 터전인 그들 앞에서 이런 생각을 하는 게 미안했다. 고개를 돌리니, 같이 출장을 온 국제구호팀의 동료가 보였다. 그는 고봉밥처럼 쌓인 미역을 받아 맛있게 먹으며, 엄지를 치켜세우고는 날 향해 말했다.

"이거 맛있어. 먹어봐."

자연재해를 피할 수 있는 이는 없다. 그 일이 나에게 일어날 수
도 있다. 내가 겪어보지 못한, 그들이 통과한 1년의 고된 마음을
어떤 말로 어루만질 수 있을까. 그들의 삶이었던 바다, 모든 것을
휩쓸어 가져간 바다, 모든 시간을 함께한 바다가 길러낸 귀한 미역
을 나는 꼭꼭 씹었다.

컵라면
프레소

유럽의 소말리아라고 불리는 나라가 있다. 유럽에도 도움이 필요한 나라가 있다는 걸 처음 알았다. 그곳은 바로 동유럽의 작은 나라 알바니아였다. 사람들로 북적이는 수도 티라나의 풍경은 다른 유럽 도시와 다를 것이 없었다. 그곳에서 취재할 마을까지 안내해 줄 크리스텔라를 만났다.

"도시가 아름다워요."

"그렇죠? 근데 알바니아는 실업률이 높아요. 평일 낮인데도 다들 카페에 앉아있는 거 보이죠?"

그녀의 말을 듣고 보니 다른 현실이 보였다. 할 일이 없는 청년들은 티라나의 중심 거리를 오가거나 카페에서 커피 한 잔을 시켜 하루 종일 앉아 있었다. 우리는 랜드크루저를 타고 굽이치는 산길을 따라 달리며, 크리스텔라가 해주는 알바니아의 이야기를 들었다.

"1990년 동유럽 공산 국가들이 차례로 민주화되면서, 알바니아도 자연스럽게 자본주의 국가로 접어들었죠. 그런데 1999년에 코소보 사태와 무차별 학살이 일어났어요. 우리는 코소보 사태로 알바니아로 도망쳐온 난민들을 돕기 시작했어요."

출장 내내 도움이 필요한 사람들을 만났다. 겨울이면 영하 30도까지 떨어지는 지역인데도 집에 난방시설이 없었다. 어떤 집에는 천장이 뚫려 비가 들이치는 방 안에 옷더미들이 쌓여 있었다. 아이는 그 속에서 본인이 입을 옷을 찾아 꺼내 입었다. 쌓인 옷더미들 사이에서 곰팡내가 났다. 다른 집의 열다섯 살 소녀는 조혼으로 벌써 두 살 아이의 엄마가 되어 있었다. 형편이 어려워서인지 그곳에는 여전히 조혼이 자연스러운 문화로 남아 있었다. 또 다른 집의 한 아이는 범죄를 저지른 친 오빠로 인한 보복 범죄, 카눈이라 불리는 지역의 관습에 두려워하고 있었다. 그곳은 소리 없는 아우성으로 가득했다.

무거운 마음으로 숙소로 돌아온 밤, 크리스텔라와 방에서 이야기를 나누었다. 떠나기 전 만난 이들에게 줄 작은 선물을 꺼내려고 열었던 출장 가방에서 컵라면이 나왔다. 한국을 가본 적이 없을 뿐만 아니라 한국인도 처음 만난다는 크리스텔라에게 컵라면을 설명했다. 방에 전기포트가 없어 숙소의 1층 에스프레소 머신을 다루는 직원에게 뜨거운 물을 부탁했더니, 컵라면을 커피잔처럼 들고 에스프레소 머신에서 나오는 뜨거운 물을 부었다. 인상적이었던 그의 모습을 사진으로 찍었다. 컵라면을 앞에 두고 있으니 알바니아가 떠올라 오랜만에 페이스북으로 크리스텔라에게 안부의 메시지를 전했다.

"크리스텔라, 이 사진 기억해? 우리가 함께한 출장은 슬프고 힘든 이야기가 많았지만, 이렇게 웃음이 나는 순간들도 있었잖아. 우리의 기준으로 그때 만났던 아이들의 삶과 감정을 단정할 순 없을 거야. 다만 각자 살아내는 지금의 삶 속에 작은 기쁨들이 있길 바

라. 그리고 나는 여전히 이 작은 컵라면을 볼 때마다 알바니아를
떠올리곤 해."

아무것도
하지 않아도
괜찮아

아침 일찍 요론 섬으로 가는 페리를 타기 위해 미리 잡아둔 항구 옆 숙소에 도착했다. 예약한 이름의 성을 보고 한국인이라 생각했다는 주인 아저씨가 우리를 반겼다.

"아내가 한국 드라마를 좋아해요. 그래서 같이 많이 봤어요."

조만간 꼭 아내와 한국에 갈 거라는 그와 잠시 이야기를 나눈 후, 친구와 일찍 잠이 들었다. 다음 날, 새벽 6시 주인 아저씨의 모닝콜로 눈을 떴다. 우리는 주인 아저씨가 손수 싸주신 주먹밥과 녹차를 챙겨서 페리를 탔다. 큰 배는 안정적으로 바다를 가르며 요론섬에 도착했다.

"꼭 와보고 싶던 곳인데, 진짜 오다니 꿈만 같아."
"바다에서 메르시 체조(영화 〈안경〉에 나오는 체조)를 해야 해."

영화 〈안경〉의 촬영지로 유명한 요론섬, 당시만 해도 한국어 사이트에는 정보가 없던 시절이었다. 야후 재팬의 블로그를 열심히 찾아 정보를 수집하고, 숙소도 영화 촬영지였던 곳으로 예약했다. 숙소 요론토 빌리지의 주인은 우리를 반기며 말했다.

"너희가 여기에 온 두 번째 한국 손님이야."
"아쉽네요. 처음이면 좋았을 걸!"
"잠깐, 그러고 보니 그 한국인은 일본에 산다고 했는데."
"저희는 서울에서 왔어요!"

주인은 우리에게 숙소 곳곳을 안내했다. 영화에서 함께 모여 식사하던 주방도, 바다에서 모래를 파던 강아지도 그대로 있었다. 주인공 타에코가 머물던 방은 집주인 내외가 쓰고 있지만, 거의 같은 형태의 다다미 방이 우리가 머물 곳이었다. 방에 짐을 풀고, 자전거를 빌려서 동네를 돌아보기로 했다. 눈이 시릴 정도로 예쁜 에메랄드 빛깔의 바다, 초록 초록한 잎사귀들로 가득한 한적하고 조용한 마을이었다. 당시 서울은 트렌치코트를 입는 가을이었지만, 남쪽인 이곳엔 아직 여름이 머물고 있었다. 자전거를 타다 보니 땀이 났다. 작은 가게에 들러 물을 사서 나왔는데, 친구의 자전거 앞 바구니에 맥주가 두 캔 놓여 있었다. 친구가 웃으며 말했다.

"방금 가게에서 나온 할아버지가 웃으면서 넣어 주셨어."

얼음같이 차가운 맥주를 햇빛에 달아오른 양 볼에 댔다. 자전거를 타고 돌아가는 길에 카오리*, 얼음이라고 쓰인 천이 펄럭이는 빙수 가게를 발견했다. 영화 〈안경〉에도 팥빙수가 나온다. 도시의 바쁜 일상에 지쳐 요론섬을 찾은 타에코는 숙소의 부엌에서 팥을 졸이던 할머니 사쿠라를 만난다.

"大切なのは﹅焦らない事﹆"
(중요한 것은 조급해하지 않는 것.)

우리 앞에 놓인 팥빙수를 보며 사쿠라 할머니의 대사를 떠올렸다. 잘게 갈린 얼음과 천천히 졸여진 팥을 조심스레 떠서 입에 넣었다. 달콤하고 시원한 맛이 그동안 일로 지쳐 있던 마음을 달래주었다. 휴가가 끝나면 다시 또 조급하고 초조한 일상이 시작될 테니 지금은 조급하지 않아도, 아무것도 하지 않아도 괜찮다. 우리는 이 순간을 마음껏 즐기기로 했다.

Yorontou Village

http://yorontouvillage.sakura.ne.jp/
2904-6 Chabana, Yoron, Oshima District, Kagoshima 891-9301 일본

마음
독립 선언의
밤

　김영하 작가의 책《여행의 이유》의 첫 번째 에피소드는 집필을
위해 상하이로 떠난 작가가 비자가 없어 추방당하는 이야기이다.
작가는 그 경험에 대하여 오히려 기뻐한다. 그가 말하는 여행이란
'여행의 성공이라는 목적을 향해 집을 떠난 주인공이 이런저런 시
련을 겪다가 원래 성취하고자 했던 것과 다른 어떤 것을 얻어서 출

발점으로 되돌아오는 것'이기 때문이다. 그의 글을 읽으며 직장 동료들과 함께했던 상하이 여행이 떠올랐다.

당시 새로 온 팀장은 이전의 팀장과 성향이 달라 서로 합을 맞추는 데 시간이 필요했고, 일하면서 종종 숨이 막히던 시기가 있었다. 점심을 먹던 중 B가 여행을 제안했다.

"우리 주말에 여행 갈까. 상하이 어때? 가깝고 물가도 저렴하고 좋대."
"업무가 겹치는데, 휴가를 같이 낼 수 있을까?"
"내게 다 생각이 있어."

영민한 B의 계획은 이랬다. 주말 앞뒤로 휴가를 내는 것, 서로 다른 파트였던 A와 나는 금요일 하루 휴가를 같이 내고, 같은 파트인 B는 금요일 저녁에 상하이로 와서 함께 시간을 보내는 것이었다. 여행 준비를 하다 떠나기 며칠 전에야 비자가 필요하다는 걸 깨닫고 급히 여행사에 전화했다. 여행사 직원은 우리에게 말했다.

"날짜에 맞추시려면 오늘 여권을 저희에게 맡겨주셔야 해요."

여의도에서 종각까지 서둘러 버스를 타고 여권을 맡기고 오니 점심시간이 끝나버렸다. 빵과 우유로 허기를 달래며 오후 업무를 지속했다. 여행을 앞둔 우리의 마음은 한없이 너그럽고 고요했으며 팀장의 어떠한 업무 지시도 웃으며 수용할 수 있었다.

3월 1일, 우리는 상하이에 도착했다. 아직 쌀쌀한 기운이 감도는 도시를 걸으며 골목을 누볐다. 여행 책에서 본 세계 10대 레스토랑이라는 "딘타이펑"에 갔다. 사진을 보며 맛있어 보이는 음식을 골라 주문하니 작고 귀여운 샤오롱바오가 나왔다. 서로 껍질이 붙지 않게 적당히 거리를 두고 나란히 놓인 샤오롱바오 하나를 수저에 얹어 조심스레 끝을 깨물었다. 육즙을 먼저 먹고 뜨거운 기운이 빠진 후, 간장에 살짝 적신 생강 채를 올려 한입에 넣었다. 적당히 따끈했다.

나에게 여행은 '뜨거운 삶의 현장에서 끓는 감정을 한 김 빠지게 하는 것'이다. 우리는 서로를 바라보며 짧은 2박 3일이지만 오기를 잘했다고 말하며 웃었다. 3월 1일 상하이의 밤, 다시 돌아갈 일터에서 감정과 마음을 독립시키기로 결의를 다졌다.

아낌없이
주는
나무

아프리카 가나 출장에서 처음으로 망고나무를 보았다. 방콕과 케냐를 경유하여 20시간 만에 서아프리카, 가나의 수도 아크라에 도착했다. 다시 지역 사업장까지 7시간을 달려야 하는 차 안에서 창 밖을 바라보니 길가의 잎이 무성한 나무들이 눈에 띄었다. 옆에 앉은 가나 직원 티모시가 말했다.

"저거 망고나무야. 망고 좋아해?"

"좋아하지! 그런데 망고나무는 처음 봐!"

"여기에선 자주 보게 될 거야."

마을에 도착하여 방문한 학교의 환경은 열악했다. 학생 수에 비해 교실이 턱없이 부족했다. 저학년 아이들은 건물 밖 큰 망고나무가 드리운 그늘에 앉아 칠판에 쓴 선생님의 글씨를 따라 읽었다. 가나의 햇살은 무척 뜨거웠지만, 습도가 높지 않아 나무가 만든 그늘 아래로 들어서면 서늘했다. 척박한 땅에서도 뿌리를 깊게 내리고, 잎사귀가 풍성한 망고나무는 아이들과 마을 사람들의 그늘이 되어주었다. 바람에 흔들거리는 잎사귀들이 햇빛에 반짝였다.

"망고나무는 물이 부족한 아프리카에서도 잘 자라. 시원한 그늘도 되어주고, 열매를 따서 시장에 팔 수도 있으니 우리에겐 참 고마운 나무지."

티모시의 이야기를 들으며 어렸을 때 읽은 그림책 《아낌없이 주는 나무》가 생각났다. 주인공 소년에게 자신의 모든 걸 내어준 그 나무는 망고나무가 아니었을까. 숙소로 돌아오는 길, 차를 세운 티모시는 길가에서 한 여성이 팔던 망고를 사서 내게 건네며 자신이 태어난 요일에 따른 가나식 이름을 지어주었다. 토요일에 태어난 나는 '아마'였다.

"아마, 가나에 와줘서 고마워. 이곳에서의 시간이 네게 의미가 있길 바라."

나보다 오랜 인생을 살아온 그는 매 순간 겸손하고 다정했다. 사람들의 필요를 살피고 작은 말 한마디를 놓치지 않았다. 숙소에 도착하여 가방에서 그가 건넨 망고를 꺼냈다. 적당한 연둣빛이 돌면서 노르스름한 껍질의 망고를 잘랐더니 달콤한 향이 코끝에 성큼 다가왔다. 씨가 있는 가운데를 중심으로 양쪽을 자르니, 크고 넓적한 씨에 약간의 과육이 붙어 있다. 작은 손으로 이 큰 망고 씨앗을 꼭 잡고 맛있게 먹고 있던 한 아이의 모습이 떠올랐다. 나도 아이처럼 망고 씨앗을 양손으로 꼭 붙잡았다.

초록색
바나나
튀김

1492년 콜럼버스가 발견한 최초의 신대륙으로 알려진 나라, 도미니카 공화국은 2010년 1월 대지진이 있었던 아이티와 같은 섬에 있다. 카리브해를 감싸고 있지만, 인공위성에서 찍은 두 나라의 모습에는 차이가 있다. 초록으로 가득한 도미니카 공화국에 비해 아이티는 황무지이다. 두 나라의 국경에서는 일주일에 두 번 시장

이 열리고, 아이티 주민들은 생필품 등을 판다. 대지진, 허리케인, 콜레라 등으로 최빈국 중 하나가 된 아이티 사람들은 더 나은 삶을 위해 국경을 넘기도 한다. 도미니카 공화국에서 불법체류와 이민자로 살아가는 이들이 할 수 있는 일은 대부분 '밧데이'라 불리는 집단 농장 일이었다. 도미니카 공화국의 주식 중 하나인 플라타노 농장을 방문했다. 연둣빛의 길쭉한 바나나가 보였다.

"바나나가 초록색이네요?"
"이건 바나나가 아니고 '플라타노'라고 불러요."

색이 노란빛이 아닐 뿐 생김새는 바나나와 같았다. 이제껏 거리의 플라타노를 보며 익지 않은 바나나라고 추측했는데, 바나나가 아니었던 것이다. 껍질만 벗겨 바로 먹을 수 있는 바나나와 달리 감자나 옥수수처럼 조리 과정을 거쳐야 한다는 걸 농장에서 알게 되었다. 거대한 나뭇잎이 우거진 농장은 플라타노 수확이 한창이었다. 나무와 나무 사이에는 두꺼운 철로 만들어진 긴 줄이 이어져 있고, 줄기째 잘린 플라타노 더미가 꼬챙이에 끼워져서 대롱대롱 매달려 있었다. 바나나도 비슷하게 수확하지 않을까. 플라타노 더미는 한눈에 보기에도 꽤 묵직해 보였다. 농장을 함께 방문한 현지 직원의 말에 따르면 농장에서 일하는 사람 대부분이 아이티에서 왔다고 했다. 농장에서 일한다고 돈을 많이 버는 것은 아니지만, 일이 없는 아이티보다 낫다고 한다.

고향인 아이티를 떠나온 이들은 이곳에서 일하며 국경을 오갔다. (2015년 기준) 스페인어를 사용하는 도미니카 공화국과 프랑스어를 쓰는 아이티, 두 나라는 많은 면에서 무척 다르다.

하지만 같은 섬에 있기에 같은 것이 있다. 바로 시차이다. 점심시간, 도미니카 공화국에서 일하는 아들도, 아이티에 홀로 남은 엄마도 식탁에 앉는다. 그들 앞에는 플라타노가 놓인다. 감자, 고구마와 같은 구황작물의 하나인 플라타노는 저렴해서 모든 가정에서 즐겨 먹고, 고급 레스토랑에서도 볼 수 있다. 빈부격차에 상관없이 모든 이의 식탁에 오르는 식자재라고 한다.

오늘 우리의 점심 식탁에도 플라타노 튀김이 놓였다. 적당한 크기로 잘라 속까지 익도록 한 후, 납작하게 눌러 튀긴 플라타노 튀김은 겉은 바삭하지만 속은 촉촉하고, 달지도 쓰지도 않은 담백한 맛이 났다. 감자와는 다른 매력을 가졌다. 노란색 바나나와는 엄연히 다른 식재료, 이곳에 오지 않았다면 알지 못했을 고향을 떠난 또 다른 이방인들의 이야기가 마음에 종일 남은 날이었다.

호찌민의
만남

베트남 호찌민의 작은 호텔 1층 컴퓨터 앞에 앉아 반나절 동안 어디를 둘러보면 좋을지 검색을 시작했다.

"한국 분이세요?"

반가운 한국말에 뒤를 돌아보니 대학생 또래의 청년 K가 반갑게 미소 짓고 있었다. K는 유럽여행을 마치고 한국으로 돌아가는 길이었고, 나는 늦은 여름휴가를 얻어 유럽으로 향하는 길이었다. 여행에서 직항이 아닌 경유를 선택하는 건 가격이 저렴한 이유도 있지만, 새로운 나라를 한 군데 더 경험할 수 있기 때문이다. 당시 베트남 항공에서 숙박을 제공해 주는 프로모션 중이었기에 호찌민 경유를 마다할 이유가 없었다. 우리는 같은 항공권이었기에 이곳에서 만날 수 있었던 것이다. 이미 유럽 여행을 마친 K는 말했다.

"내일 아침 유럽으로 떠나시는 거네요. 부러워요!"
"한국 가기 싫죠?"
"이제 돌아가면 현실이니까요."

하루 먼저 호찌민에 도착한 K를 따라 반나절 호찌민 투어에 나섰다. 여행지에서 한국인을 만나면 반가운 마음이 먼저 든다. 홀로 하는 여행에서 모국어로 대화할 수 있는 사람을 만나는 인연은 반갑다. 우리는 오토바이로 가득한 시내를 걸었다. K가 소개한 기념품 가게에서 독일의 이모를 위한 선물을 사고, 반미 가게로 들어섰다. 현지인들이 많이 찾는 분위기의 길거리 식당에서 반미를 시켰다. K가 말했다.

"호찌민 사람들이 반미를 처음으로 만들어 먹었대요."

베트남어로 반미는 바게트, 식빵을 가리킨다고 한다. 초기엔 '반 떠이'라는 말로 외국의 빵 과자라 불리며 연유 등을 찍어 먹는 부유층의 고급 음식 중 하나였지만, 베트남인들은 밀가루 또는 쌀가루를 섞어 바게트를 만들고 바게트를 반으로 갈라 베트남 현지에서 구할 수 있는 재료를 채워 그들만의 음식 반미를 만들었다.

길거리 식당의 아저씨는 쌓여 있는 바게트를 골라 반미를 만들기 시작했다. 도톰한 빵을 칼로 자르고, 채소와 무, 당근 절임, 고기, 고수 등을 가득 채웠다. 오래전 딱딱한 바게트를 먹으며 입천장이 까졌던 기억을 떠올리며, 두근거리는 마음으로 조심스레 반미를 한입 베어 물었다. 빵은 생각보다 보드라웠고, 어울리지 않을 것 같았던 속 재료들은 어색하지 않게 하나가 되는 맛에 행복해졌다.

'역시 호찌민을 경유한 건 탁월한 선택이었어.'

함께라서
더 좋은
천국의 맛

호찌민에서 하루를 머문 후, 유럽으로 향했다. 오랜 비행 끝에 도착한 프랑스 샤를 드골 공항은 혼잡했다. 나처럼 파리에 도착한 이와 다른 나라로 경유하는 이들로 꽉 찼다. 설레는 마음으로 공항을 나왔는데, 생각보다 날씨가 을씨년스러웠다. 금방 비가 쏟아질 듯한 하늘부터 비둘기가 활보하는 거리, 냄새 나는 지하철까지….

내가 만난 파리의 첫인상은 낭만과는 거리가 있었다. 궂은 날씨에 무거운 캐리어를 끌고 힙겹게 게스트하우스에 도착했다. 입실까지 시간이 있어서 짐을 맡기고 있는데, 누군가 뒤에서 말을 걸었다.

"저기요, 혹시 혼자 오셨어요?"

스무 살쯤 되었을까. 앳된 얼굴의 그녀가 조심스레 나에게 물었다.

"괜찮으시면, 저와 하루 같이 다니실래요?"
"좋아요. 그렇게 해요."

대학생이었던 그녀는 휴학하고 여행을 왔다고 했다. 첫 번째 유럽의 문을 프랑스 파리에서 연 우리는 기대와 달랐던 도시에 대한 단상을 나누고 다시 만날 약속을 잡았다. 우리는 각자 시간을 보낸 후, 몽마르트르와 에펠탑에 함께 가기로 했다. 파리에 도착한 첫날은 종일 오르세 미술관에서 작품을 관람했다. 홀로 다니는 이틀 내내 흐리고 수시로 비가 내렸다.

파리에서의 마지막 날, 그녀와의 약속을 위해 집을 나서다 거리에서 크레이프 가게를 발견했다. 취향에 따라 크레이프 안에 들어갈 속 재료를 고를 수 있었다. 널찍한 팬 옆에 초코 누텔라가 있었다. '누텔라! 천국의 맛!' 나는 일본의 셰어하우스에서 만난 프랑스인 친구 레티시아를 떠올렸다. 일본에서 지내던 당시 나는 그녀가 받은 프랑스 소포를 구경했다. 레티시아는 소포상자에서 작은 누텔라 통을 발견하고 내게 천국의 맛을 알려주겠다고 말했다. 그날 저녁, 셰어하우스의 다른 프랑스인 친구들과 함께 길고 긴 저녁을 먹었다. 명절에 파전을 굽듯 올리비에는 프라이팬에 크레이프 반죽을 펼쳤다. 레티시아는 식탁에 누텔라 한 통을 꺼냈다. 얇은 크레이프에 누텔라를 듬뿍 얹고, 바나나를 얇게 썰어 올렸다. 누텔라는 금세 바닥이 보였다. 나는 그녀에게 속삭이듯 말했다.

"레티시아, 정말 맛있다. 근데 이거 여기서 구할 수 없는데, 너한테 귀한 거 아니야?"
"지혜, 천국의 맛은 함께라서 더 좋은 거야."

몽마르트로 가는 길, 새로 사귄 친구를 기다리며 누텔라 크레이프를 주문했다. 크고 넓은 팬에 펼쳐진 반죽이 노랗게 익자 점원이 누텔라를 듬뿍 발랐다. 그때 마침 저 멀리, 그녀가 나를 발견하고

손을 흔드는 게 보였다. 크레이프를 하나 더 주문했다. '천국의 맛
은 함께하면 더 좋으니까.' 잿빛의 파리가 달콤한 초콜릿색으로 바
뀌고 있었다.

반 고흐를
따라서

파리를 떠나 아비뇽에 도착하니 마음이 편안했다. 깃발을 따르는 관광객도, 소음도 덜한 이 마을에서 나는 숨을 돌릴 수 있었다. 최종 목적지인 아를행 기차를 타기까지 2시간이 남아 있었다. 간단한 간식거리를 사기 위해 시장을 찾았다. 무성한 초록의 식물들이 감싼 건물은 아비뇽의 오랜 재래시장이라고 했다.

여행지에서 만나는 시장을 좋아한다. 마을 주민처럼 어슬렁거리며 천천히 둘러보았다. 언어와 문화는 낯설어도 시장에 오면 마음이 편안해졌다. 눈에 익숙한 과일과 채소를 보면 더 그렇다. 서로 다르지만, 같은 식자재를 쓰는 우리는 서로 이어진 존재 같다. 무엇이 좋을까 둘러보던 차에 마카롱을 파는 작은 가게를 발견했다. 한국에서 딱 한 번 먹었던 디저트, 무척 달았던 기억에 그 뒤로 손이 가지 않았지만, 한 번 더 시도해 볼까 고민했다. 바구니 가득 채운 다채로운 색의 마카롱이 멋스러웠다. 가게 주인이 말했다.

"제가 직접 만든 거예요. 설탕을 많이 넣지 않았어요."
"그럼 달지 않나요?"
"많이 달지 않아요. 제 스타일로 만들었어요."

차분하게 말하는 그녀의 낮은 목소리에 신뢰가 갔다. 3개를 골라 봉지에 담고 아를로 향하는 기차를 탔다. 반 고흐가 사랑한 도시, 그는 작고 아름다운 마을 아를에서 일 년 넘게 머물며 187점의 작품을 남겼다. 그래서인지 도시 곳곳에서 그의 흔적을 발견할 수 있었다. 〈별이 빛나는 밤에〉의 배경이 된 강가엔 반 고흐의 그림과 함께 그의 시선에서 그림을 그렸을 만한 장소가 바닥에 표시되어 있었다. 오래전 그가 거닐었을 발자취를 따라 천천히 걸었다. 그가 입원했던 병원도, 벤치에 앉아 쉬었을 도심의 공원도, 반 고흐의 시선으로 작품이 된 장소들을 만날 수 있었다.

한참 거리를 거닐다 〈밤의 카페테라스〉의 배경이 된 카페를 찾았다. 옆 카페에 앉아 빈센트 반 고흐의 시선으로 카페를 바라보았다. 주문한 커피와 함께 조심스레 마카롱이 담긴 봉지를 테이블에 올렸다. 진한 분홍빛의 라즈베리 맛 마카롱을 살짝 깨물었다. 이전에 먹었던 머리가 아플 정도로 달던 마카롱의 맛이 아니었다. 쫀득하면서 적당히 달콤한 맛의 마카롱. 두 번째 마카롱을 꺼냈다. 그리고 한국에서 가져온《반 고흐, 영혼의 편지》를 읽었다. 동생 테오와 주고받은 그의 편지를 읽다 보니 아를의 거리, 카페, 공원, 강가를 거닐며 동생에게 소식을 전했던 그가 지금 내 곁에 있는 것 같았다.

Les Halles d'Avignon

http://www.avignon-leshalles.com/
18 Pl. Pie, 84000 Avignon, France

만난 적 없는 이를 응원하며

프랑스 니스는 시종일관 따뜻한 햇살로 반짝였다. 샤갈 미술관에서 찬란한 색채를 가진 그림까지 보고 나니 마음 가득 밝은 기운이 차올랐다. 가벼운 걸음으로 숙소 주인이 추천해 준 식당에 도착했다. 식당의 내부까지 들어온 비둘기 떼를 피해 한쪽에 자리를 잡고 메뉴를 살피고 있을 때, 50대 중반 정도 되어 보이는 남성이 말

을 걸었다.

"한국에서 왔어요?"
"네. 서울, 한국인이에요."
"오! 저는 삼성을 좋아해요."

　나란히 놓인 옆 테이블에 홀로 앉아 있던 그는 자신의 스마트폰을 나에게 흔들었다. 나는 그를 향해 스마트폰을 흔들었다. "저는 애플을 좋아해요." 그는 먼저 웃음을 터뜨렸고, 나도 빙그레 따라 웃었다. 그는 스트라스부르에 살고 있으며, 니스에는 출장을 왔다고 했다. 메뉴를 고민하던 내게 그는 칠판에 적혀 있던 '오늘의 점심-관자 요리'를 추천했다. 우리는 음식이 나오길 기다리며 이야기를 나누었다. 그는 자신의 친한 친구가 한국 아이를 입양했다고, 아이를 보며 한국이란 나라에 관심을 갖게 되었다고 했다. 당시 내게 해외 입양에 대한 인상은 방송에서 본 슬픔, 차별, 정체성의 혼란 또는 이 모든 역경을 딛고 성공한 이들의 이야기로 단편적이었다. 하지만 그가 본 건 달랐다. 내 이야기를 듣던 그는 말했다.

"당신이 본 건 내가 알 수 없는 어두운 면일 수도 있겠어요."
"저는 한국인이니까 고국에서 자라지 못하고 다른 나라로 떠난 이들을 생각해서 그럴지도 몰라요."

"제게 그 아이는 친구의 사랑스러운 딸, 내 딸의 좋은 친구예요.
밝고 총명한 아이죠."

그의 이야기를 들으며 한 번도 만난 적 없는 아이를 상상해 보았
다. 모든 사람은 한 가지 색으로 칠하거나, 규정지을 수 없는 입체
적인 존재이다. 스스로 만든 망원경으로만 그들을 관찰했던 건 아
닌지 반성했다.

대화 도중에 주문한 음식이 나왔다. 잘 구워진 도톰한 관자, 그
린빈이라 불리는 줄기콩이 가지런히 놓였다. 프랑스에서 처음 먹
어 본 줄기콩의 식감은 처음 맛 보는 것이었다. 콩을 좋아하지 않
지만, 올리브 오일과 소금으로 간한 줄기콩은 아삭하면서 담백했
다. 포크로 줄기콩부터 찍는 걸 보던 그가 말했다.

"줄기콩 좋아해요? 프랑스에선 이유식에 꼭 들어가는 재료예요.
우리 딸도 좋아했는데!"

그의 이야기를 들으며 이곳에서 이유식을 시작했을 아이들이
떠올랐다. 한국에서 태어났지만 프랑스에서 유년을 보내고 있는

이들, 그들의 인생을 마음 다해 응원하고 싶었다. 세상에서 단 하나뿐인 고유한 인생, 아이들이 자신의 삶을 오롯이 잘 살아냈으면 좋겠다.

나의
이모
초콜릿

이모는 독일 베를린에 산다. 한국전쟁 이후에 태어나 70년대 중반, 독일인과 결혼하며 해외로 떠난 그녀의 마지막 기억 속 고국은 부족한 게 많은 나라였다. 어린 시절, 한국을 찾은 이모를 생각하면 큰 가방이 먼저 떠오른다. 그 가방 안에는 사촌 언니, 오빠에게 작아진 옷, 신발 등이 한가득이었다. 한국에서 볼 수 없던 색다른

디자인, 색감의 옷은 우리 눈에도 예뻤다. 동생과 나는 이모가 가져온 옷가지의 냄새를 킁킁 맡으며 말했다.

"독일 냄새다."
"여기 초콜릿도 있어. 이모 초콜릿!"

이국적인 섬유 유연제 향기가 나는 옷가지들 사이에는 이모가 비행길 내내 부서지지 않도록 고이 감춰둔 초콜릿이 있었다. 네모난 상자에 들어 있는 동전처럼 생긴 그 초콜릿을 우리는 '이모 초콜릿'이라 불렀다. 이모 초콜릿의 정체는 이모가 한국에 올 때마다 늘 빠지지 않고 사온 토피피 초콜릿이었다. 캐러멜이 초콜릿 아래를 감싸고 있는데, 작은 입 안에 꽉 차던 초콜릿의 캐러멜이 녹으면 단단하고 고소한 헤이즐넛이 나온다. 땅콩과 다른 맛이 나는 헤이즐넛이 캐러멜과 어찌나 잘 어울리던지, 초콜릿 상자를 냉동실에 넣고 매일 한 알씩 아껴 먹었다.

첫 유럽 여행 일정에 베를린을 넣은 건 이모 때문이었다. 이번엔 내가 이모를 만나러 가고 싶었다. 엄마가 준 고춧가루, 김, 라면 등을 가방에 빽빽하게 채웠다. 어린 시절 이모처럼 큰 가방을 끌고 베를린 테겔 공항에 도착하니, 마중 나온 이모와 이모부가 보였다.

"이제 어른이 다 되었네. 널 여기서 만나니까 너무 좋다."

이모 집에 도착하자마자 가방을 열었다. 이모는 이제 예전과 달리 한국에서 독일로 가져올 게 더 많다며 웃었다. 한국에서 가져온 것들을 정리하고 이모와 함께 장을 보러 슈퍼에 갔다. 다양한 물건들을 구경하다가 계산하는 카운터 옆에서 어린 시절 이모가 사다 준 토피피 초콜릿을 발견했다. 나는 반가운 마음에 초콜릿 상자를 덥석 들고선 말했다.

"이모, 이거 우리 집에선 '이모 초콜릿'으로 통해요."
"그땐 꼭 챙겼지. 여기 살면서 저 초콜릿이 제일 맛있었거든."

베를린의 슈퍼마켓에서 이모와 그 초콜릿을 보고 있으니, 기분이 묘했다. 오래전, 한국행 티켓을 끊고 설렘 가득한 마음으로 본인이 먹고 입던 것 중 가장 좋은 것으로 가방을 차곡차곡 채웠을 그 시절의 이모를 상상했다. 나는 손에 들고 있던 토피피 초콜릿 한 상자를 카트에 넣었다. 이번엔 내가 이 초콜릿을 사야지. 오늘 밤 이모, 이모부와 함께 아끼지 않고 모두 나눠 먹기로 다짐했다.

서로 달라도
어울릴 수
있어

함께 일하던 후임의 육아휴직으로 새로운 직원이 들어왔다. 업무분장을 하며 기존의 후임이 했던 업무 중 소셜미디어 콘텐츠 작성을 그에게 맡겼다. 그가 콘텐츠를 작성하면 나는 1차로 작성된 콘텐츠를 살피며 수정 사항을 알려주었다.

"'엄빠'라는 말을 구어로 할 순 있지만, 우리 채널에서 공식적으로 쓰는 것은 맞지 않아요."

그에게 말하며 지난날 나를 돌봐준 많은 선배가 생각났다. 그들의 너른 아량만큼 나의 그릇은 크지 못했다. 좋은 선임의 역할을 하지 못해 마음이 답답했는데, 출장 중이던 친한 동료 S에게 연락이 왔다.

"방콕에서 잠시 체류할 거 같은데, 주말에 건너올래요?"

금요일 밤 방콕행 비행기에 올랐다. 카오산로드의 게스트하우스에서 쉬고 있던 S가 나를 반갑게 맞았다. S는 회사의 동료이면서, 밝고 건강한 에너지로 내게 힘을 주는 친구였다. S에게 여러 가지로 뒤섞여 있던 마음을 토로했다. 아무래도 나는 좋은 선임의 그릇이 안 되는 거 같다고 말이다. 그 누구도 답을 줄 수 없고, 스스로 헤쳐 나가야 할 일이었지만 한바탕 마음을 쏟아내고 나니 실타래가 풀리는 듯했다. 회사, 일, 관계에 대한 생각을 잠시 멈추고 주말을 온전히 즐기기로 했다.

다음 날, 느긋하게 카오산의 아침을 시작했다. 긴 출장을 마친 S

도, 많은 업무에 지친 나도 느지막이 일어나 골목을 걸었다. 여러 번 방콕을 온 S가 나를 작은 골목으로 이끌었다. 우리는 작은 포장마차에 앉아서 쌀국수, 팟타이 등을 시켰다.

"망고 찹쌀밥도 하나 시킬까요? 먹어봤어요?"
"아니. 망고랑 밥을 같이 먹는 거야?"

S가 주문한 망고 찹쌀밥, 망고 스티키 라이스Mango Sticky Rice가 나왔다. 쫀득쫀득한 찹쌀밥 한 덩이 옆에 달콤한 망고 조각들이 가지런히 놓여 있다. 과일과 밥을 함께 먹는다고? 낯설고 이상한 조합이다. 포크로 밥을 떠서 입에 넣으니 코코넛 향이 진하게 느껴졌다. 달콤한 망고도 콕 찍어 함께 맛보았다. 어울리지 않을 것 같은 밥과 망고가 입안에서 잘 어우러졌다. 내 표정을 읽은 S가 확인하듯 물었다.

"어때요. 묘하게 어울리지 않아요?"
"응. 안 어울릴 것 같은데, 맛있어."

포장마차에 앉아 망고 찹쌀밥을 먹으며 새로 온 후임을 생각했다. 우리는 살아온 환경이 다르니까. 서로의 결도, 상황에 대한 이

해도 다를 수밖에 없지. 같으면 재미 없잖아? 어쩌면 서로 다르기에 묘하게 잘 맞는 파트너가 될 수 있을지도 모른다. 망고 찹쌀밥처럼!

한마음으로
먹는
점심

도저히 지나갈 수 없을 것 같은 웅덩이를 통과한 차는 끊임없이
덜컹거렸다.

"아프리카 마사지야."

앞 좌석에 앉은 현지 직원 케네스가 뒤에 앉은 우리를 보며 웃으며 말했다. 일반 승용차로는 어림도 없는 길, 군데군데 웅덩이가 파여 울퉁불퉁한 길을 우리가 탄 차는 가뿐히 지났다. 그래, 마사지 의자에 앉았다고 생각하면 되지. 아프리카 마사지라는 그의 비유가 어찌나 적절한지 웃음이 났다. 나는 창문 위 손잡이를 꼭 잡았다. 붉은 흙 길, 이정표도 없는 길은 케네스에겐 익숙한 출근길이었다. 정기적으로 아이들을 만나는 그는 마을 사람들이 보일 때마다 창문을 열어 반갑게 손을 흔들었다.

예전에 TV 방송에서 보았던 비현실적인 모습은 국제구호개발기구 직원이 되고 보니, 모두 지구 반대편에서 일어나고 있는 현실이었다. 아이들의 현실을 가장 잘 보여주는 사례를 찾아 방송 프로그램 PD와 집을 방문하여 3일간 모든 일상을 고스란히 담았다. 때론 영상 촬영에 욕심을 내는 PD의 불합리한 요구를 거절하고, 아이들의 인권을 보호하는 걸 우선으로 적절한 타협점을 찾는 게 사업 현장과 제작진 사이에 끼어 있는 한국 사무소 직원인 우리의 역할이었다.

촬영은 아침 일찍 시작했다. 숙소와 아이의 집은 거리가 멀지 않지만, 가는 길이 험난하기에 보통 1시간은 족히 걸렸다. 새벽 6시,

벌겋게 눈이 충혈된 케네스는 사무실에서 우리를 기다리고 있었다. 그는 어젯밤 촬영이 끝난 후에도 사무실로 돌아와서 늦게까지 일을 했을 것이다.

"케네스, 좋은 아침이야. 잘 잤어?"
"응, 너희도 잘 잤니? 아. 잠시만."

차에 타려던 그가 잊은 게 있는지 서둘러 사무실에서 텀블러를 챙겼다.

"내 차! 홍차를 깜박했어."

따뜻한 차가 담긴 텀블러를 챙겨 차에 올라탄 그는 휘파람을 불었다. 그의 이름은 '케네스 해피'였다. 며칠 동안 이어진 강행군에 힘들었을 텐데, 늘 미소를 잃지 않고 도와준 그 덕분에 모든 일정은 순조로웠다. '해피'Happy라는 성이 그와 참 잘 어울린다고 생각했다.

거리에 조명 하나 없는 이 마을에는 해가 지면 바로 어둠이 찾아온다. 아침 일찍 촬영을 서두르는 이유도 거기에 있다. 해가 있을 때 더 많은 영상을 담아야 하기 때문이다. 아이의 식사 장면까지 찍은 후 우리는 늦은 점심을 먹기 위해 잠시 사무실로 돌아왔다. 수도와 달리 마을엔 식당이 없다. 사무실엔 직원들의 식사를 담당하는 이가 있다. 쌀, 삶은 콩과 감자, 양배추 볶음으로 이뤄진 단출한 식사. 양배추 볶음을 접시에 담았다. 짭조름한 소금, 기름, 양배추. 딱 3가지로 만들었는데 감칠맛이 나는 게 신기해서 같이 간 동료와 이야기를 나누었다.

"양배추가 원래 이렇게 맛있었나?"
"더 먹고 싶어요."

우리는 수줍어하며 양배추 볶음을 좀 더 접시에 담았다. 촬영을 하고 있을 때는 배가 고픈지도 몰랐다. 아이들의 초라한 끼니를 보면 나의 일시적 허기가 미안한 마음이 들기도 했다. 양배추는 채를 썰면 생각보다 꽤 많은 양이 나온다. 다양한 음식을 골라 먹을 수 있는 한국에서도 양배추 볶음을 맛있게 먹을 수 있을까. 산처럼 쌓인 양배추 볶음을 나누며 함께 앉은 이들의 얼굴을 보았다. 식탁에 마주 앉은 우리의 마음은 모두 같을 것이다. 오늘 카메라에 담긴 아이의 이야기가 더 많은 이들에게 전해져 더 많은 아이들의 일상이 좀 더 풍요로워지길 바라는 마음.

맨발의
아이들

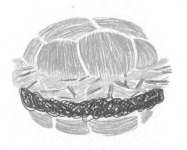

그날은 다큐멘터리 촬영을 지원하기 위해 출연자 아이가 다니는 중학교로 향하던 아침이었다. 택시에 오르자마자 기사는 믿지 못할 소식을 전해주었다. 제주도로 수학여행을 떠났던 학생들이 탄 배가 빠졌지만, 구조작업이 끝났다고 말이다.

하지만 얼마 지나지 않아 그 뉴스가 오보였다는 걸 알게 되었다. 스마트폰을 통해 접하는 소식은 암담했다. 운동장 한편에서 촬영 중인 교복을 입은 아이들을 보니 마음이 아렸다. 매일 믿지 못할 소식이 신문과 방송을 도배하고 한국 전체가 슬픔으로 가득했던 그해 여름, 아이들과 함께 브라질로 떠났다. 2014년 브라질 월드컵을 앞두고 한국을 포함하여 볼리비아, 에콰도르, 아이티, 에티오피아, 독일, 호주 등 총 12개 나라의 아이들이 모였다. 아동들의 권리를 위해 목소리를 내는 글로벌 캠페인의 일환이었다.

"모든 아이는 꿈을 꾸고 건강하게 성장할 권리가 있다."

전 세계 10대 청소년들이 한자리에 모이면 어떤 일이 생길까. 아이들은 각자가 겪고 있는 불평등, 가난, 착취, 폭력에 대해 타협이 아닌 자신의 목소리를 냈다. 목소리를 내지 못하는 환경 속 아이들의 몫까지 자신들의 이야기를 전했다. 아이들을 보며 그 시절의 나를 떠올렸다. 분명 내가 있던 학교에서도 폭력, 따돌림이 있었을 텐데 나는 몰랐던 걸까, 모르는 척하고 싶었던 걸까. '페어플레이란 무엇인가'에 대해 각 나라의 아이들은 말했다.

"다른 사람을 탓하거나 욕하지 않아야 해요."

"절대 반칙하지 않고 사람을 속이지 않는 거예요."

똑 부러지게 자신의 의견을 말하는 아이들 앞에서 부끄러움이 밀려왔다. 나는 내게 큰 피해가 오지 않으면 목소리를 내지 않고 벤치에 오도카니 앉아 있는 편을 택했다.

'나는 실수가 두려워서 정정당당하지 못할 때가 많아. 반칙도 하고 남 탓을 하며 마음의 위안을 얻는단다.'

나는 진정한 페어플레이의 의미를 잃어버린 선수였다. 아이들과 함께 목소리를 내는 어른이 되고 싶었다. 서로의 목소리에 귀기울이는 세상이 되면 좋겠다는 생각이 들었다.

브라질은 축구의 나라였다. 공터에 모인 아이들은 공을 찼다. 둥근 축구공은 한 아이에서 저 아이에게로, 또 다른 아이에게로 열심히 굴러갔다. 경기를 뛰는 아이들도, 지켜보는 아이들도 즐거워보였다. 승자와 패자가 없는, 성공과 실패로 나뉘지 않는 아이들의 축구는 그저 흥겨운 놀이였다.

이른 저녁을 먹으러 온 시내 맥도날드에서 축구공 모양의 햄버거를 만났다. 브라질 월드컵을 앞두고 한정 판매한 햄버거였다. 탁자에 놓인 축구공을 마주한 우리의 얼굴에 웃음꽃이 피었다. 빵과 도톰한 패티, 신선한 채소, 누구나 다 아는 맛이지만 7개 나라의 특색을 살려 맛을 달리한 햄버거다. 한 사람 앞에 놓인 하나의 축구공 햄버거, 이 동그란 햄버거를 먹으면 잊고 있던 페어플레이 정신을 다시 찾을 수 있을까? 결심했다. 이제 가만히 있지 않을 것이다. 좀 더 나은 세상을 위하여, 내가 낼 수 있는 목소리를 내는 어른으로 살아가고 싶다.

아침의
타피오카

출장 중의 아침 식사는 중요하다. 든든하고 여유롭게 먹을 수 있는 그날의 유일한 끼니가 될 수도 있기 때문이다. 파트너의 요구사항에 응대하느라 고단했던 동료와 나는 늘 아침을 기다렸다. 변화무쌍한 사건의 연속에도 매일 한결같이 숙소 1층에 준비되는 조식은 우리에게 그날의 위로가 되었다. 음식을 담던 동료가 물었다.

"저기 보이는 하얀 가루는 뭘까요?"

"브라질 사람들이 많이 먹던데, 우리도 한번 시켜보자."

하얀 오믈렛처럼 보이는 요리의 정체는 타피오카였다. 버블티에 들어가는 쫀득한 알갱이와 같은 이름을 가진 게 수상했지만, 먼저 먹어본 다른 동료의 맛있다는 말에 우리도 도전해 보기로 했다. 설탕처럼 하얗고 고운 입자의 가루에는 전분 성분이 있어서 달군 프라이팬에 뿌리면 물을 따로 넣지 않아도 서로 붙었다. 살짝 구워진 한 면을 뒤집고 그 안에 취향에 따라 재료를 채울 수 있다. 계란, 치즈, 야채 등 오믈렛을 얹으면 든든한 한 끼가 되고, 코코넛 가루와 연유를 넣으면 달콤한 디저트가 되기도 한다. 재료를 얹은 후 반을 접어 접시에 올려주었는데, 얇고 길쭉한 하얀 떡처럼 보이는 생김새가 묘했다. 나이프로 잘라 포크로 콕 찍어 맛을 보았다.

"쫄깃하다. 찰떡 같아."

코코넛 가루와 연유를 넣었더니 달콤하고 쫀득한 떡을 맛보는 것 같았다. 버블티에 든 타피오카 알갱이는 좋아하지 않지만, 새롭게 만난 브라질의 타피오카는 마음에 쏙 들었다. 고구마와 같은 뿌리 식물 중 하나인 만지오까의 가루, 그 만지오까가 아프리카 출장에서 먹었던 카사바와 같다는 사실을 나중에 알게 되었다. 같은 뿌리 식물을 어느 곳에서는 쪄서 고구마처럼 먹고, 또 다른 곳에서는 녹말가루처럼 만들어 먹는다.

매일 아침 든든하게 타피오카를 먹으며 긴 하루를 시작했다. 알고 나면 보이는 게 달라진다는 말처럼 출장 내내 길거리의 타피오카 노점들이 눈에 띄었다. 거리의 붕어빵을 사 먹듯 우리는 코코넛가루와 연유를 넣은 달콤하고 쫀득한 타피오카를 먹으며 당을 충전했다. 잊을 수 없는 브라질의 하얀색 크레이프, 3주간의 힘들었던 출장을 견딜 수 있게 해준 아침의 타피오카. 하루의 시작을 너와 함께할 수 있어서 든든하고 고마웠어.

생기가
필요할 땐
아사이볼을 먹자

브라질은 멀었다. 인천에서 런던까지 12시간, 상파울루까지 반나절, 출장지인 헤시피까지 국내선을 타고 3시간, 우리는 출발한 지 꼬박 하루가 훌쩍 지나 목적지에 도착했다. 비행기가 무사히 착륙하자 기내에 있던 승객들은 손뼉을 쳤다. 휘파람을 부는 이도 있었다. 생애 처음으로 흥겨운 착륙을 경험하며 '내가 드디어 남미에

왔구나.'라는 걸 실감했다. 하지만 흥겨움도 잠시 그 당시는 2014 월드컵을 한 달 앞 둔 때로, 브라질 치안에 대한 뉴스가 많이 보도 되던 때였다. 공항에서 우리를 만난 현지 사무소 직원이 우리에게 신신당부했다.

"모든 촬영은 오후 6시엔 마쳐야 해. 그 이후엔 우리도 너희의 안전을 책임질 수 없어."

아이들의 브라질 일정을 카메라에 담기 위해 함께 동행한 피디 에게 말했다.

"피디님, 현지 직원 이야기 들으셨죠? 가이드라인 잘 지켜주셔 야 해요."
"괜찮을 거예요."

피디는 다른 촬영으로 남미에 자주 왔었다며 걱정하지 말라고 하면서 가이드라인을 지킬 생각이 없어 보였다. 하지만 우리의 입 장은 달랐다. 약속된 가이드라인을 지키지 않아 사고라도 발생한 다면, 한국 팀을 초청한 현지 직원들이 난처해질 수 있기 때문이 다. 만약 지역 주민들과 문제가 생기기라도 하면, 잠시 방문한 우리는 떠나면 그만이지만, 현지 직원들이 고스란히 그 책임을 안게 된다. 힘든 출장이었다. 가이드라인을 지키지 않는 제작진과 현지 직원 사이에 칼바람이 불었다. 촬영 결과물이 흡족하지 않은 피디는 저녁 내내 우리에게 불만을 토로했다.

"잘 아시잖아요. 원하는 그림이 안 나오면 비참해요."

멋진 그림에 욕심을 내는 그의 마음을 모르는 바도 아니다. 방송 작가로 일하며, 나 또한 피디가 찍어온 영상을 보며 '결정적 한 컷'을 아쉬워하던 때가 있었다. 하지만 세상엔 주어진 상황 안에서도 잘 해내는 이들도 있다. 쉼 없는 촬영이 이어졌고, 드디어 숨을 돌릴 수 있는 자유시간이 생겼다. 3주의 출장 기간 중 단 하루의 쉬는 날이었다.

"오늘 잘 쉬시고 저녁에 뵈어요. 해변엔 절대 혼자 나가시면 안 돼요."

두 명의 피디에게 당부하고 동료와 숙소에서 택시를 타고 시내로 나왔다. 브라질 직원이 알려준 쇼핑몰의 푸드코트에서 아사이볼을 주문했다. 공항에서 처음 본 브라질 전통 건강식, 아사이볼은 슈퍼푸드라는 아사이베리를 냉동 스무디로 만들어 그 위에 과일을 얹은 것이다. 꾸덕꾸덕하고 차가운 질감, 바나나, 블루베리, 치아시드를 얹은 아사이볼을 수저로 푹푹 떠서 먹었다. 출장 내내 풀썩 주저앉은 마음에 생기가 돌았다. 자유롭게 쉬고, 맛있는 것을 먹으며 충전한 기운으로 남은 한 주도 씩씩하게 이겨내자고 같이 온 동료와 마음을 다졌다.

짜장라면
한 접시

변화는 바로 보이지 않는다. 모든 것이 자랄 때는 시간과 정성이 필요하다. 세상에서 가장 큰 자람, 성장을 통해 변화하는 존재는 사람이 아닐까. 후원자 K와 함께 미얀마로 가는 길, 그는 통장의 잔고가 8천 원만 있던 시절에도 자신의 후원 아동 코코를 위해 어떻게든 매달 3만 원을 마련했다고 했다. 그에겐 깰 수 없는 약속이

자 다짐이었다.

"돌 반지를 팔아야 할 정도로 힘들 때도 있었어요. 그래도 멈추지 않았죠."

국제구호개발기구에서 일하면서 그와 같은 후원자들을 많이 보았다. 폐지를 팔아서 생활하는 빠듯한 삶 가운데서도 가진 것의 일부를 기꺼이 나누고, 타인의 삶을 지지하며, 응원하는 그들은 마음의 부자였다.

미얀마로 가는 길, K는 몹시 즐거워 보였다. 오랜 기간 후원하던 코코가 성인이 되어 결혼 소식을 알렸기 때문이다. 그와 함께 코코의 집을 찾았다. 어린 시절부터 사진과 보고서를 통하여 코코의 성장 과정을 지켜본 그는 한눈에 자신의 후원 아동을 알아보았다. 직접 만난 건 처음인 데다 언어가 달라 말이 통하지 않았지만, 서로를 향한 따스한 눈빛은 마음을 나누기에 충분했다. 코코가 말했다.

"많은 친구들이 학교를 그만두었어요. 하지만 전 저를 지켜보는 존재가 있으니까 더 열심히 해야겠다고 다짐했어요. 저도 다른 이를 돕는 사람이 되고 싶어요."

눈을 반짝이며 또박또박 말하는 코코의 이야기를 미얀마 사무
소 직원이 우리에게 전해주었다. 사람은 함께 자라는 걸까. 자신
을 응원하는 지구 반대편 한 사람의 존재는 코코에게 견딜 힘이 되
었을 뿐만 아니라 위로와 용기를 주었다. 이는 K에게도 마찬가지
였다. 코코를 바라보는 K의 눈시울이 촉촉해졌다.

K는 코코와 가족들을 위해 한국에서 가져온 짜장라면을 끓였
다. 작은 시골 마을에서 특별한 재료 없이 만들 수 있고, 혹시 매운
음식을 먹지 못할까 봐 걱정하던 그가 고심하여 고른 메뉴였다. 대
나무로 지어진 미얀마의 전통 집 부엌에서 가스레인지 위에 올려
진 냄비의 물이 보글보글 끓었다. 면을 넣고 물을 덜어낸 후 가루
소스를 붓고 휙휙 저었다. 처음 맡아보는 낯선 냄새와 음식 생김새
에 이웃 주민들도, 아이들도 신기한 듯 대나무 틈 사이를 기웃거렸
다. 코코의 엄마는 미얀마식 밑반찬과 밥을 덜어 식탁에 놓았다.
각자의 그릇에 담긴 짜장라면 한 접시, 한 아이를 오랫동안 바라본
이의 마음과 정성이 들어가서일까. 짜장라면에서 평소보다 더 부
드럽고 진한 맛이 났다.

미얀마의 작은 마을, 무더운 햇살, 나무와 흙냄새, 오랫동안 이어진 서로의 삶이 드디어 만난 날의 식탁까지. 그날의 모든 순간이 꿈처럼 느껴진다.

꿈꾸는
사람들

카리브해의 작은 나라, 아이티가 한국에 알려진 건 2010년 1월의 대지진이었다. 강한 지진은 30초간 아이티 전역을 흔들었고 최대 31만 명 이상이 목숨을 잃었다. 지진 직후 콜레라까지 찾아와 폐허가 된 그곳을 향한 전 세계의 도움의 손길이 이어졌다. 대지진이 일어나고 5년이 지난 후, 기자와 함께 현장을 방문할 기회가 생

겼다.

인천에서 뉴욕을 거쳐 아이티의 수도 포르투 프랭스로 향하는 작은 비행기에 몸을 실었다. 기내 음료 서비스로 얼음 잔과 콜라를 부탁했다. 잠시 후 승무원이 전해준 음료 캔에는 "Share a coke with Dreamer."라는 문구가 쓰여 있었다. 당시 코카콜라의 스토리텔링 에디션 제품이었다. 'Dreamer'라는 단어에서 아이티에서 만나게 될 이들이 떠올라 기대하는 마음이 생겼다. '매해 보고서로 만나던 그들은 지금 어떻게 살고 있을까?' 공항에서 숙소로 향하는 길, 집들이 다닥다닥 붙은 시내 풍경이 인상적이었다.

"집들이 빽빽하네요."
"주택 문제가 심각해요. 지진 이후에 더 심해졌어요."

함께 차로 이동하던 아이티 사무소의 직원의 말에 따르면 지진 이후 물가 상승과 함께 주민들의 불안도 높아졌다고 한다. 사람들은 안전하다 여기는 곳에 집을 짓고 살게 되었다. 국제사회의 관심과 지원이 이미 일어난 재난의 흔적을 깨끗하게 지울 수는 없었다. 하지만 사람들은 새로운 미래를 꿈꾸고 있었다. 지진 이전의 아이티는 아름다운 바다와 천혜의 절경을 가진 관광지로 유명했다. 우리는 재난으로 인해 학업과 일할 기회를 잃은 많은 사람들을 위한 직업 교육을 진행했고, 교육을 수료한 이들은 지역의 호텔에서 일을 하며 더 나은 미래를 꿈꾸고 있었다. 그 곳에서 일하는 젊은이들을 만났다.

"어려움 속에 있었지만, 무언가를 배워야 한다는 마음이 간절했어요. 배운 기술로 일자리도 구했고요."
"많은 걸 잃었지만, 되찾을 기회를 주신 신께 감사합니다."

과거에 머무르지 않고 오늘을 살아가며 눈을 반짝이는 이들을 보며 '감사'에 대해 생각했다. 만약 내게 그런 일이 일어났다면, 나는 지금 신께 감사할 수 있을까?

다양한 환경과 이야기를 가진 이들을 만나고 숙소에 돌아오면 한동안 마음이 먹먹했다. 높은 물가로 현지 식비는 예산에 비해 턱없이 비쌌고, 종일 더위에 지친 동료와 나는 감자튀김 하나와 콜라를 시켜 나눠 먹었다. 주문한 콜라 캔의 'Dreamer'라는 단어가 또 눈에 띄었다. 꿈을 꾼다는 건 어떤 걸까. 지금의 상황을 바탕으로 미래를 바라는 것이 아니라 오늘 하루를 잘 살아내며 그 안에서 감사하는 것, 이미 일어난 과거의 일은 그 자리에 내려두고 그럼에도 불구하고 지금 이 순간 찰나의 기쁨을 알아가는 것이 아닐까. 내가 만난 아이티의 사람들이 진정한 'Dreamer'였다.

걷고
또 걸어도

출장을 마치고 돌아오는 길, 뉴욕에서 대학 선배 C를 만났다.

"어쩜, 너는 옛날이랑 똑같다."

"아휴, 아니에요. 근데 선배는 미국 사람이 다 된 거 같아요."

검게 그을린 C는 예전보다 더 건강해 보였다. 한국에서 다니던 회사를 그만두고, 서른이 훌쩍 넘어 미국에서 유학생활을 하게 된 C는 마음이 부칠 때마다 몸을 움직였다고 했다. 대화를 나누며 추억 속 대학 캠퍼스, 학생 식당, 동아리방까지 거닐고 나니 금세 배가 고파졌다.

"뉴욕에서 자주 가는 햄버거 집이 있어. 좀 걸어야 하는데 괜찮지?"
"그럼요. 더 걸을 수 있어요."

우리는 쉬지 않고 이야기를 나눴다. 가는 길에 야경 명소로 유명한 브루클린 브리지로 들어섰다. 많은 이들이 난간에 기대어 뉘엿뉘엿 지는 해가 사라지길 기다리고 있었다. 지평선 너머로 해가 모습을 감추자 높은 빌딩의 불빛들이 반짝였다. C가 말했다.

"저기 아름다운 야경 말이야. 사무실에서 야근하는 사람들이 만들어 낸 거야."
"주말에도 저렇게 많은 사람이 있다니…."
"나도 기꺼이 관광객들을 위한 야경이 될 자신이 있는데 말이지."

C는 일 년째 구직 중이었다. 그는 우리가 마지막으로 봤을 때도

대학교 4학년으로 취업과 대학원 진학을 두고 고민하고 있었는데, 10년이 지난 지금도 같은 고민을 하고 있다며 씁쓸하게 웃었다. 나도 이직한 회사에서 일한 지 5년 차, 계속 이 일을 하는 게 맞을지 고민이 된다고 했다. 그때나 지금이나 우리는 불투명한 미래를 고민하고 있었다. 두 시간쯤 걸었을까. C가 말한 햄버거 집 "쉐이크쉑 버거"가 보였다. 기본 세트 메뉴를 주문했다. 부드러운 빵 사이의 육즙이 배어 나오는 소고기 패티, 양상추, 토마토의 단순한 조합이었지만 입에서 사르르 녹았다.

"선배, 우리가 십 년 전에 만났을 때도 맥도날드 햄버거를 먹었던 게 생각나네요. 앞으로도 '이 길이 맞을까, 그 선택이 맞았을까?' 계속 고민하겠죠. 하지만 전 다시 십 년 전으로 돌아가고 싶지는 않아요. 지금이 좋아요. 그때 우리는 십 년 후 뉴욕에서 만나 쉐이크쉑 버거를 먹을 거라고는 상상도 못 했잖아요. 우리에게 주어진 길을 걷고 또 걸어도 걱정은 사라지지 않겠지만, 상상할 수 없는 좋은 일도 만나게 될 거예요."

우리는 시원한 콜라가 담긴 컵을 부딪치며 서로의 불안한 미래를 토닥였다.

넌
나랑
같이 가자

"가방은 그거 하나뿐이야? 내가 들어줄게."

"아니야. 괜찮아. 많이 무거워서….."

내 말이 끝나기도 전에 캐시는 활짝 웃으며 가방을 너끈하게 들
었다. 키는 나보다 조금 컸지만, 팔과 다리는 나와 달리 운동을 많

이 했는지 다부졌다. 출장을 마치고 오는 길에 브루클린에서 체류하게 되었다. 급히 숙소를 찾아 몇 군데 연락했지만, 장기 숙박이 아닌 이틀을 보낼 수 있는 곳을 구하는 건 쉽지 않았다. 오랜 검색 끝에 기적처럼 캐시네 집을 알게 되었고, 방 하나를 예약할 수 있었다.

가방을 들고 계단을 오르는 캐시의 뒤를 따랐다. 커다란 개가 반가운 듯 왈왈 짖으며 꼬리를 흔들었다. 왼쪽의 작은 방이 내가 머물 곳이었다. 옷장과 싱글 침대, 거울이 붙은 화장대 하나와 작은 창문. 단출하지만 필요한 것은 모두 있었다. 긴 비행으로 고단했기에 후다닥 씻고 바로 잠이 들었다. 다음 날 아침, 부엌에서 달그락거리는 소리에 눈이 떠졌다. 부엌에 가보니 캐시가 아닌 다른 사람이 있었다.

"안녕! 잘 잤어? 캐시는 일 하러 갔고, 난 룸메이트 앤이야."
"안녕, 반가워."
"브루클린은 처음이야?"

브루클린도, 미국에 온 것도 이번이 처음이라는 내게 앤은 즐거운 여행이 되길 바란다고 했다. 혹시 집 가까운 곳에 카페를 소개해 줄 수 있냐는 말에 그는 집 근처 카페와 맛집 몇 군데를 알려주었다.

"혹시 블루보틀은 알고 있어? 우리 집에서 가까워."
"와, 나 꼭 가보고 싶던 곳이야."

커피를 좋아하는 나는 새로운 카페를 알게 되면 가고 싶은 카페 리스트를 적어두곤 했는데, 그중 하나가 블루보틀이었다. 브루클린 골목길 여기저기를 구경하며 걷다 보니 저 멀리 눈에 익숙한 하늘색 로고가 보였다. 카페처럼 보이지 않고, 붉은 벽돌로 만들어진 건물이었다. 브루클린의 윌리엄스버그에 위치한 블루보틀은 뉴욕의 1호점이라고 한다. 뉴욕의 중심가가 아닌 브루클린에 있는데도 관광객이 많았다. 뉴올리언스 아이스커피를 주문하고 카페를 살폈다. 한쪽에 놓인 아이스박스엔 사각의 종이 팩에 들어 있는 블루보틀 커피가 놓여 있었다. 종이 팩에 담긴 커피라니, 한눈에 반해버렸다. 주문한 커피를 호로록 마시면서 종이 팩 커피도 하나 샀다. 넌 나랑 한국으로 같이 가자.

Blue Bottle Coffee Williamsburg

http://bluebottlecoffee.com/
76 N 4th St Ste A Brooklyn, NY 11249

아이들의
세상

필리핀 바탕가스 〈바나나 튀김〉

필리핀의 한 아이가 학교 주변에 몰래 오물을 버리는 돼지 농장 주인을 발견했다. 그리고 학교까지 들어오는 악취의 흔적을 찾아 내어 친구들과 함께 군청에 보고했고 다시는 그렇게 하지 않겠다는 농장 주인의 약속을 받아냈다. 자신과 친구들의 환경을 바꾸기 위해 스스로 목소리를 낸 아이는 열일곱 살, 고등학교 1학년이었다.

8월 12일, UN이 정한 국제 청소년의 날International Youth Day을 맞아 필리핀의 바탕가스 지역을 방문했다. 수도 마닐라에서 100km 정도 떨어진 이 지역은 필리핀에서도 빈곤율이 높았다. 집안 형편이 어려운 아이들은 부모와 함께 일하는 경우도 많았다. 내가 일하는 국제구호개발기구에서는 부모와 자녀에게 교육의 필요성을 알려줄 뿐만 아니라 아이들이 스스로 목소리를 내어 자신의 문제를 해결할 수 있도록 '아동권리 위원회'를 꾸려 운영하고 있었다.

8월의 뜨거운 햇살 아래 한국과 필리핀 양국의 아이들이 만나 각자가 처한 환경에 대하여 열띤 토론을 이어갔다. 언어가 완벽하게 통하지는 않았지만, 아이들은 금세 친해졌다. 간단한 영어로 자신의 상황을 표현하는 연극을 하고, 누구나 쉽게 이해할 수 있는 몸짓으로 자신의 이야기를 상대에게 전했다. 아이들은 스스로 빛이 되어 학교와 세상 안팎에서 만나는 어두움을 쫓아냈다. 필리핀 사업장 매니저가 말했다.

"아이들 스스로 자신의 권리를 찾아가는 행동은 아이는 물론 마을의 변화에 도움이 되었어요."

아이들이 보는 세상이 있다. '좀 더 크면 알게 될 거야.'가 아닌 그 세상에 있는 아이들이 느끼는 부당함과 불편함, 스스로 권리를 찾아가는 행동은 이미 그 시절을 지나온 어른들의 인식 변화에도 도움이 된다. 세상을 향하여 자신의 목소리를 내는 아이들은 목소리를 내지 못하는 아이들을 대변한다. 아이들과 함께한 3박 4일, 이 아이들이 내 나이가 되었을 때의 세상은 좀 더 나은 곳이 되길 바라는 마음이 들었다.

아이들과 함께하는 오후의 간식은 '뚜론'이라 부르는 바나나 튀김이었다. 얇은 춘권 피로 감싼 바나나에 흙설탕을 넣고 튀긴 것이었다. 한입 베어 무니 바삭한 껍질이 부서지면서 부드럽고 달콤한 바나나 반쪽이 형태를 드러냈다. 그냥 먹는 바나나보다 달콤함이 배가 된 뚜론의 겉은 바삭하고, 속은 촉촉했다. 바나나가 형태를 보존하면서 고유의 달콤한 맛을 유지할 수 있는 건 춘권 피 덕분이었다. 이 세상에서 어른의 역할은 춘권 피와 같은 게 아닐까. 아이들 스스로 고유한 자신을 잘 지키며 자랄 수 있도록, 마음껏 자신의 의견을 말할 수 있고, 뜨거운 세상에 쉽사리 데이지 않게 그들을 감싸주는 어른이 되고 싶다.

비는
곧
그칠 거니까

런던 히드로 공항에 도착한 나는, 마중 나온 J를 발견하고 손을 흔들었다. 같은 팀 디자이너였던 J가 퇴사 후 영국 유학을 준비하던 게 엊그제 같은데, 벌써 2년이 되었다. 집에 도착하자마자 그녀를 위해 바리바리 싸온 여행 가방을 열었다. 아직 말랑말랑한 떡볶이 떡, 단무지와 김, 햄이 알차게 들어 있는 김밥 키트, 꽁꽁 싸매

어 보랭 백에 넣어둔 순대 등을 부엌의 냉장고와 찬장에 차곡차곡 쟁여두고서 그제야 그녀의 집을 둘러보았다. 집세가 비싼 런던에서 J는 한국인들과 함께 지내고 있었다. 영국에서 응접실에 해당하는 공간이 J의 방이었다. 베란다와 연결된 방은 다른 공간보다 넓은 대신 찬 바람이 불어서 한기가 느껴졌다. J가 말했다.

"난 이제 익숙해져서 괜찮은데, 언니 춥죠?"
"아니, 괜찮아. 근데 이 방 야경이 너무 아름답다."

베란다로 나가는 넓은 창 너머, 저 멀리 보이는 건물의 불빛들이 반짝였다. 우리는 밤하늘의 별처럼 반짝이는 불빛을 보며 밤 늦도록 밀린 이야기를 도란도란 나누었다.

런던에 머무는 내내 나는 생활자 J의 일상을 따랐다. 방학을 맞은 그녀와 함께 느지막이 일어나 아침 겸 점심을 먹고, 오후에는 어슬렁대며 거리를 산책했다. 요일에 따라 열리는 시장을 구경하고, 커피를 한 잔씩 들고 하이드파크를 걸었다. 대학원에서 프로젝트를 진행한 이야기를 하며 즐거워하는 J의 모습을 보며 나도 신이 났다. 여행을 준비할 때부터 나는 런던에서 꼭 가고 싶은 곳도, 가야만 하는 장소도 딱히 없었다. 여행의 가장 큰 목적은 그녀를 만나 순대볶음을 먹는 거였고, 그 목적은 첫날 다 이루었다.

 여행이 거의 끝날 무렵, 우리는 아침 일찍 일어나 김밥을 쌌다. 작은 도시락에 김밥을 담아 런던에서 기차로 한 시간 걸리는 브라이튼에 도착했다. 싸늘한 바닷바람에 사람이 많지 않아 한적하고 고요한 바다를 보며 벤치에 앉아 김밥을 먹었다. 한참을 먹고 있는 중에 갑자기 빗방울이 떨어지며 동시에 거센 바람이 불어왔다. 우산을 펼치는 건 의미가 없었다. 이런 날씨가 익숙한 듯 J가 말했다.

 "곧 그칠 비긴 한데, 그래도 잠시 카페에 들어가 있어요."
 "좋아. 따뜻한 차 한잔 마실까."

 조금씩 굵어지는 빗방울을 피해 재빠른 걸음으로 가까운 카페로 들어섰다. 애플파이와 잉글리시 브랙퍼스트 티를 시켰다. 찻잎과 뜨거운 물이 담긴 갈색의 도자기 주전자, 작은 사각형의 각설탕이 담긴 그릇, 미지근한 우유가 담긴 서버, 민트 색 찻잔 두 개가 탁자에 놓였다. 함께 준 스테인리스 차 거름망을 찻잔에 올린 후 주전자의 차를 부었다. 따뜻한 물에 노곤해진 찻잎들이 사뿐히 거름망에 쌓였다. 향긋하고 따스한 기운이 추웠던 몸과 마음을 녹여주었다. 창밖의 사람들이 후드 티의 모자를 눌러쓴 채 천천히 걷는

다. 그들의 머리 위로 비를 머금은 큰 구름이 빠르게 지나간다. 어
두웠던 밖이 서서히 밝아지고 있다.

Sugardough

https://sugardough.co.uk/brighton-menu/
18 Market St, Brighton and Hove, Brighton BN1 1HH 영국

변하는 것과
변하지
않는 것

영국 런던 〈피시앤칩스〉

가을의 런던은 수시로 비가 내렸는데, 신기하게 금세 비가 그치고 날이 맑아지곤 했다. 흐림과 맑음이 공존하던 그 시간, 흐린 날에는 흐린 날의 아름다움이 존재한다고 느낀 건 내가 여행자였기 때문이었을까?

"우리 오늘은 테이트 모던 미술관에 가요. 피시앤칩스도 먹고!"

흐린 날씨지만, J와 나는 모처럼 관광을 하기로 했다. 메트로를 타고 템스강 근처에 위치한 테이트 모던 미술관에 도착했다. 2차 대전 이후 런던의 시민과 기업에게 전기를 공급했던 화력발전소는 지금의 모습으로 리모델링되었다. 이곳의 컨셉은 '변하는 것과 변하지 않는 것의 공존'이라고 한다. 그 컨셉에 맞게 화력발전소의 흔적을 살린 채 미술관으로 운영되고 있었다. 과거의 이야기와 흔적을 품고 새로운 하루를 살아가는 사람처럼 이 건물도 런던의 사람들과 함께 나이 들며 살아가고 있었다. 우리는 작품을 구경하고 기념품 가게에 들러 리소그래피로 인쇄된 포스터를 샀다.

"이 포스터를 보니 예전에 우리가 함께했던 작업이 생각나."

회사 캠페인을 진행하며 리소그래피로 인쇄했던 엽서들이 떠올랐다. 실크스크린의 판화 기법과 유사한 방식으로 여러 색깔이 사진처럼 나오는 인쇄가 아닌 한 번에 한 색만 뽑아내고, 겹치게 인쇄하는 정성이 들어가는 작업이라 번거롭지만, 빈티지한 색감이 매력적이었다. 그때만 해도 신선했던 리소그래피는 이제 꽤 많은 디자인 작업에서 볼 수 있게 되었다.

포스터를 담은 지관통을 한 손에 들고 J와 함께 템스강을 따라 걸었다. 그사이 내리던 비가 그치고 하늘은 언제 그랬냐는 듯 맑아졌다. 거리의 가게에서 피시앤칩스를 포장한 뒤 벤치에 앉았다. 갓 튀겨낸 통통하고 담백한 대구 살과 굵은 감자튀김을 먹다 보니 명절마다 엄마와 함께 만들었던 명태전, 친구와 먹던 생선까스, 맥도날드의 피시버거, 비슷하게 느껴지는 다양한 과거의 맛들이 떠올랐다. 같은 식재료인데 나라별로 다른 조리법과 이름을 가진다. 인생을 살아가며 변하는 것과 변하지 않는 것. 이 두 가지의 조화로운 변주가 우리의 삶을 더 반짝이게 만드는 건 아닐까.

아이들의
이유식

이른 새벽부터 비질하는 소리를 듣고 일찍 잠에서 깼다. 커튼을
여니 평화롭고 깨끗한 거리가 한눈에 들어왔다. 환한 미소로 나를
보며 손을 흔드는 사람을 보며 30년 전인 1994년 이 나라에서 대
학살이 있었다는 게 믿어지지 않는다. 이곳은 르완다의 수도 키갈
리로 동아프리카 우간다와 케냐 사이에 있는 작은 나라다. 한국의

경상도 정도로 작지만, 천 개의 언덕이라 불릴 정도로 언덕과 산이 많다.

수도의 숙소에서 하룻밤을 보낸 후, 짐을 챙겨 파견 중이던 동료 H를 따라 지역 사업장으로 출발했다. 가는 길 내내 굽이치는 언덕을 지나 구불구불한 길을 오르고, 초록의 수풀이 가득한 숲길을 통과하며 멀미가 났다. 가로등 하나 없는 울퉁불퉁한 길은 밤엔 더 위험할 터였다. 수도에서 지내는 가족들을 보기 위해 주말마다 이 길을 오간다는 H의 안전이 걱정되었다.

"길을 지나다 보면 언덕 아래로 떨어져 있는 차들이 보여요."
"길이 너무 험하네요. 조심히 다녀야겠어요."
"그래야죠. 저기 보여요? 저 사람이 들고 있는 게 마토케예요."

그의 손이 가리킨 방향을 향해 고개를 돌리니 지나가는 우리 차를 피해 잠시 길가에 멈춘 주민이 들고 있는 마토케, 농업용 낫이 보였다. H는 밖을 향해 손을 흔들며 말했다.

"르완다 대학살 때는 저 마토케로 서로를 죽였다고 하던데, 그 생각을 하면 섬뜩해요."

〈호텔 르완다, 2004〉는 1994년의 르완다 대학살에 대한 실화를 다룬 영화다. 100일간 100만여 명이 목숨을 잃은 당시에는 생업을 위한 도구가 순식간에 서로를 향한 살인 무기가 되었다고 한다. 대학살을 겪은 이들은 다시는 그런 일이 없기를 간절히 바랐고, 마을 곳곳에 그 일로 목숨을 잃은 이들의 영혼을 기리는 기념관을 세웠다고 했다. 아프리카 여러 나라 중 치안이 나은 편인 건 그 때문일까. 함께 간 기자와 르완다 대학살의 생존자들을 인터뷰했다. 생김새에 따라 후투족과 투치족으로 나뉘어 서로를 향해 마토케를 들었던 사람들, 자기 남편과 아이를 죽인 사람은 며칠 전까지 음식을 나누던 이웃사촌이었다. 그 현장에서 살아남은 아이는 자라 새 가정을 꾸렸고, 또 그 안에서 새로운 생명이 태어났다. 그렇게 그들은 잊지 못할 상처를 가슴에 품고 현재를 살아가고 있다.

수도 키갈리에서 3시간 거리에 있는 작은 마을, 아이들을 위하여 하나가 된 엄마들이 정성스레 이유식을 만든다. 누군가의 생명을 앗았던 마토케는 다시 생업의 현장으로 돌아가 채소를 수확하고 손질하는 데 사용된다. 각자 재배한 감자, 시금치, 콩, 토마토 등 다양한 식재료가 아이들의 이유식이 된다. 여러 식재료 중 좋은 단백질이 되는 르완다의 붉은 콩이 눈에 띄었다. 맛있게 먹는 아이들을 보고 있으니 어느새 나도 모르게 흐뭇한 미소를 짓게 되었다.

엄마들의 마음은 어떨까. 내 아이들의 르완다는 다시는 이웃이 적이 되지 않는 나라, 서로 믿고 의지하며 어려움을 함께 해결하는 평화로운 나라가 되길 간절히 바라는 마음일 것이다.

가뭄이라는
아이

"해가 지면 절대 밖에 혼자 다니지 마세요. 밤의 거리는 나이로
버리 Nairobi+Robbery 입니다."

나이로비의 숙소에 도착한 첫날, 케냐 사무소 직원은 우리에게
안전교육을 해주며 신신당부했다. 특히 길에서 휴대전화를 꺼내

지 말고, 중요한 소지품은 몸에 꼭 지참하라고 했다. 강도와 도난 사건이 잦은 나이로비를 가리켜 나이로비와 강도를 합친 '나이로 버리'라고 부르면서 말이다. 케냐는 아프리카 출장의 주요 경유지 이기에 종종 들르지만, 올 때마다 매번 이렇게 위험과 안전에 대한 경고를 받았기에 숙소 밖을 돌아다닌 일이 없었다. 하지만 이번 출 장은 케냐의 식량 사업에 대한 취재를 위해 온 것이기에 다음 날 차를 타고 사업장으로 이동했다.

동아프리카의 가뭄이 계속되고 있었다. 입사한 이듬해 기후변 화로 인한 동아프리카 가뭄을 돕기 위한 모금을 진행한 적이 있는 데, 그 당시 보았던 사진 속 갈라지고 메마른 땅이 이어지고 있었 다. 우리가 방문한 6월 중순은 가장 많이 비가 오는 시기가 지난 후였지만, 올해도 비가 거의 오지 않았다고 주민들은 말했다. 기후 변화의 타격은 땅의 농산물을 수확하여 식량으로 삼는 그들의 삶 과 밀접하게 연결됐다. 한 집에서 우리는 현지어로 '가뭄'이라는 이 름을 가진 한 청년을 만났다. 그는 유독 가뭄이 심한 해에 태어났 다고 했다. 어머니를 도와 농작물을 수확하고 있는 그를 따라 옥수 수밭에 갔다. 넉넉한 비가 내려야 쑥쑥 자란다는 옥수수밭은 한눈 에 봐도 건조해 보였다. 텃밭 건너편 땅에는 나팔꽃을 닮은 하얀 꽃이 피어 있었다. 예쁘다고 생각하고 있었는데, 같이 간 직원이 말했다.

"이 꽃이 피었다는 건 이 땅이 척박하다는 거예요. 쓸모없는 꽃
이죠."

꽃은 그들의 한 끼를 해결해 주지 못한다. 케냐 사람들의 주식은
우갈리다. 끓는 물에 옥수수 가루를 저어서 만드는 우갈리는 언뜻
보면 한국의 백설기 같다. 처음 맛보았을 때 포슬포슬해서 감자를
으깬 것인가 싶었는데, 현지 직원이 옥수수로 만든 우갈리라고 알
려주었다. 한국인들이 밥과 반찬을 먹듯 이들은 우갈리와 절임 채
소, 소스 등을 함께 먹는다. 하지만 지금은 가뭄으로 옥수수 수확
량이 줄었고, 우갈리의 가격도 폭등하고 있었다. 어린 시절부터
'가뭄'으로 불린 청년, 또래보다 체구가 작았던 그의 모습에 마음이
쓰였다.

출장을 마치고 돌아온 서울, 옥수수를 파는 가판대를 지나면 우
갈리가 생각났다. 많은 비가 내리는 장마철이면, 이 비가 고스란히
케냐 땅에도 내리면 좋겠다. 더 이상 '가뭄'이라는 이름을 가진 아
이가 세상에 없길 바란다.

여름휴가가
뭐라고

"베트남에 사막이 있대요."

해외 출장의 단골 파트너였던 B가 말했다. 그녀가 보여준 사진 속 베트남은 내가 알던 곳이 아니었다. 끝없이 펼쳐진 모래 언덕은 두바이 같았다. 늘 업무와 출장으로 여름이 훌쩍 지나서야 휴가를 떠날 수 있었지만 그 해엔 운이 좋았다. 7월 중순 우리는 베트남 호찌민에 도착했다.

여행을 떠나며 책을 한 권씩 챙겼다. 《100만 번 산 고양이》라는 그림책 작가로 유명한 사노요코의 《사는 게 뭐라고》와 《죽는 게 뭐라고》였다. 목적지인 무이네로 가는 버스에 올라 담담하고 솔직한 그녀의 글을 읽었다. 일흔을 앞두고 덜컥 암 선고를 받은 그녀는 집으로 돌아가는 길에 재규어를 한 대 뽑았다. 그녀의 행동도, 글도 마음에 쏙 들었다. 그래. 우리도 참 휴가가 뭐라고, 이제껏 남들 다 가는 여름에 떠나지 못했을까. 일 년의 1/4은 출장을 가면서 또 비행기를 타고 싶냐고 엄마가 물었지만, 그래도 휴가와 출장은 엄연히 다르다. 휴가는 출장과 달리 좋아하는 사람들과 함께할 수 있으니까.

어스름한 저녁이 되어 숙소에 도착했고, 근처 여행사를 통해 다음 날 아침 사막 투어를 예약했다. 7월 베트남의 여름은 덥고 습했다. 하지만 한국과 달리 이곳에서 흘리는 땀은 개운한 기분이 들었다. 대체 휴가가 뭐라고 마음이 이렇게 너그러워질 수 있는 걸까. 시장에서 베트남 전통모자를 하나씩 사서 쓰고 머리도 양 갈래로 땄다. 아, 휴가가 뭐라고. 한국에선 내지 못했던 용기가 이리 샘솟는 건지!

"아, 너무 좋다. 신난다."
"벌써 아쉬워요. 또 오고 싶을 거 같아."

무이네의 사막은 아름다웠다. 샌들을 손에 들고 걸음을 옮길 때마다, 여름 햇살의 온기를 품은 모래가 기분 좋게 따스했다. 모래 언덕에 앉아서 해가 지는 풍경을 보고 있으니 땀으로 젖었던 머리칼 사이로 시원한 바람이 불어왔다. 다시 돌아갈 한국의 끈적이는 여름을 견딜 기운을 마음껏 받았다.

우리는 여행 중 요리 수업을 예약했다. 직접 만들고 그 자리에서 먹을 수 있는 '베트남의 맛 A 코스' 메뉴는 치킨 카레, 소고기볶음 쌀국수, 베트남 스프링롤, 연유를 넣은 코코넛 젤리였다. 야외에 놓인 탁자엔 우리 두 사람을 위한 요리 재료가 준비되어 있었다. 가장 기대했던 건 스프링 롤이었다. 준비된 채소를 썰고, 익힌 새우와 얇은 당면을 뜨거운 물에 살짝 데친 라이스 페이퍼에 올렸다. 양 끝을 안으로 접은 후, 김밥을 말듯 조심스레 말았다. 선생님이 준 땅콩소스에 푹 찍어 맛을 보았다. 쫄깃한 라이스 페이퍼, 신선한 속 재료, 고소한 땅콩소스가 버무려져 적당히 가벼우면서 건강한 맛이 났다. 직접 만드는 손맛에 더위도 잊었다. 세상에, 이런 게 진짜 여름휴가의 맛이지. 이제 나도 남들 쉴 때 휴가를 쓸테다. 일이 뭐라고, 출장이 뭐라고.

Mui Ne Cooking School

http://muinecookingschool.com/
82 Nguyen Dinh Chieu , Ham Tien, Mui Ne, 베트남

두 번째
여름

아침이 오는 게 두려웠던 시절이 있었다. 인생을 편집할 수 있다면 통째로 덜어내고 싶은 그 해 여름, 매일 무거운 발걸음으로 출근길 버스를 탔다. 깊게 베인 마음의 상처를 들키고 싶지 않아 더 씩씩하게 굴었다. 울고 싶은 마음을 꾹 누르며 긴장한 상태로 하루를 버텼다. 간신히 하루하루를 견디고 있는 나에게 둥둥이가 말했다.

"겨울에 치앙마이로 여행 가요!"

태국의 북부 치앙마이, 각자 다른 이유로 마음이 고단했던 우리
는 큰 고민 없이 가장 저렴한 티켓을 끊었다. 12월 중순, 우리는 중
국 베이징을 경유하여 치앙마이에 도착했다. 방콕에서 일을 하고
있던 하쿠나가 먼저 치앙마이에 도착하여 공항에서 플래카드를
들고 우리를 맞았다.

"웰컴 투 소규모 작당"

소규모 작당은 둥둥, 하쿠나, 셍이 함께하는 작은 글쓰기 모임이
다. 한 직장에서 만난 우리는 함께 일하고, 출장을 다니며 많은 낮
과 밤을 보냈다. 회사에서 쓰는 보고서나 제안서가 아닌 다른 이야
기를 쓰고 싶었던 우리는 한 달에 두 편, 마감이 있는 작은 글쓰기
모임을 열었다. 말이 아닌 글로 만나는 동료는 몸은 멀리 떨어져
있어도 가깝게 있는 것처럼 느껴졌다.

치앙마이를 잘 아는 하쿠나 덕분에 여행의 모든 일정은 순조로
웠다. 초록이 우거진 나무들을 보며 커피를 마시고, 동네의 작은
서점에 들러 책을 구경하고 다양한 종류의 장미꽃이 만개한 공원

을 산책하며 또 한 번의 여름을 맞았다.

한국에서 보낸 그해 여름은 지우고 싶은 일들뿐이라 치앙마이에서 맞는 두 번째 여름이 선물처럼 다가왔다. 이미 나에게 일어난 일은 어쩔 수 없지만, 여름의 기억을 하나 더 가져갈 수 있어서 다행이라고. 나는 치앙마이에서 보내는 두번째 여름으로 지난 여름을 덧칠했다. 마음 속 깊이 꽁꽁 감춰둔 상처는 조금씩 빛을 쬐면서 괜찮아질 거라는 작은 희망이 생겼다.

싱그러운 초록의 식물들이 가득한 카페에 앉아 땡모반을 한 잔 시켰다. 한국에선 제철을 잃은 여름 과일, 수박을 시원하게 갈아서 만든 음료가 입안에서 서걱거렸다. 뜨거운 햇볕 아래 잘 익은, 자신에게 주어진 계절을 충분히 보낸 수박은 그 자체로 충분히 달고 맛있었다. 단숨에 땡모반을 들이켰다. 그렇게 내게 도착한 활기찬 두 번째 여름의 기운을 내 안에 가득 채웠다.

내
손안의
롤렉스

늦은 밤 우간다의 수도 캄팔라에 도착했다. 숙소에서 만난 동료 N이 말했다.

"내일 아침 식사는 가는 길에 롤렉스로 하자."

"롤렉스? 그게 뭐야, 명품 시계 브랜드 아니야?"

"하하, 내일 아침에 한번 먹어봐."

다음 날 아침 N과 함께 취재할 마을로 향했다. 반나절 이상을 꼬박 달려야 도착하는 곳이기에 일찍 출발한 차는 한 두시간쯤 달린 후 잠시 멈췄다. 마을이 있는 사업장에 갈 때마다 N이 들른다는 거리의 롤렉스 가게, 우리는 이곳에서 아침을 해결할 생각이었다.

한 청년이 큰 나무 도마 위에서 적양파와 피망을 채 썰고, 토마토도 잘게 썰어서 작은 하늘색 컵에 담았다. 그리고 계란 하나를 톡 깨어 능숙한 손놀림으로 휙휙 저었다. 옆에는 온기를 품은 화덕과 프라이팬이 있었다. 청년은 컵에 있던 계란 물을 넓찍하게 부쳤다. 익숙하고 맛있는 냄새가 코끝을 찔렀다.

"김밥에 들어가는 지단 같아. 맛있겠어."

즐거워하는 나의 표정을 본 청년이 활짝 웃었다. 그는 능숙하게 뒤집개로 넓은 계란을 뒤집었다. 노릇하게 구워진 계란을 뒤집개로 살짝 들자, 다른 청년이 짜파티 한 장을 얹어 데우고 다시 계란 지단, 짜파티 한 장을 올렸다. 널찍한 계란 지단을 품은 짜파티는 다시 나무 도마 위로 옮겨져 김밥처럼 돌돌 말려 투명한 비닐에 담겨 내 손에 쥐어졌다. 이른 아침 많은 사람의 도시락을 준비하는 김밥가게 사장님들의 모습처럼 청년들의 손놀림은 빠르고 익숙했다.

"따뜻해. 맛있을 거 같아."
"가면서 먹자. 우리 갈 길이 멀어."

차에 올라타 양손에 따뜻한 롤렉스와 우간다에 오면 꼭 마시는 탄산음료, 노비다를 쥐었다. 명품 시계를 손목에 찰 수 있는 인생은 아니어도 우간다의 롤렉스를 손에 쥐고 있는 것만으로도 넉넉하고 충분하다. 따끈한 롤렉스를 한 입 베어 먹으니, 그제야 잠이 좀 깬다. 덜컹거리는 차창 너머로 우간다 풍경이 눈에 들어왔다. 아프리카 출장을 올 때면 또 다시 이곳에 올 수 있을까 싶은데 우간다는 두 번째다. 두 번이나 오게 된 데는 반드시 꼭 만나야 할 사람, 들어야 할 이야기가 있는 거라는 생각이 든다. 손에 든 롤렉스를 꼭 움켜쥔다. 오늘 내게 주어진 순간들을 놓치지 않기를 바라는 마음뿐이다.

겉만 보고
알 수
없으니까

여러 번 접해도 어색한 과일이 있다. 아시아 여행을 하게 되면 꼭 만나게 되는 두리안이다. 처음 접했을 때 강렬한 냄새에 질색하며 입에 대지도 않았다. 그 맛을 알 수 없고, 알고 싶지 않은 과일이었다.

179

"두리안 안 좋아해? 엄청 맛있는데. 우리 먹으러 가자!"

싱가포르 출장을 함께한 직장 상사가 말했다. 회사에는 그를 어려워하는 이가 많았다. 본부가 달라 8년 내내 부딪칠 일은 없었지만, 종종 들려오는 이야기를 들어보면 '쉽지 않은 사람'이었다. 함께 출장을 가게 되었다는 이야기를 들은 몇몇 동료는 내게 심심한 위로를 건넸다. 쉽지 않은 상사의 제안으로, 어쩔 수 없이 두리안과 직면할 때가 왔다. 모두 가는데 '전 그거 싫어하는데 혼자 있어도 될까요?'라고 말할 용기는 내게 없었다.

숙소 근처 길가에는 과일을 파는 포장마차들이 즐비했다. 유독 사람들이 많이 앉아 있는 가게를 살펴보니, 홍콩 배우 주윤발과 찍은 사진이 붙어 있었다. 유명인들과의 기념사진을 전시한 맛집의 기운이 느껴진 곳에 자리를 잡았다. 뾰족뾰족 가시가 돋은 단단한 두리안이 쌓인 매대를 살폈다. "King of the King"이라고 쓰인 팻말이 눈에 띈다. 그는 꼼꼼히 두리안을 살피더니 익을수록 색이 노랗고 맛있다고 말해주었다. 단단한 껍질을 가진 두리안을 고르면 그 자리에서 쪼개서 가져갈 수 있지만, 우리는 랩으로 포장되어 두리안의 노란 속을 확인할 수 있는 것으로 골랐다. 테이블에 앉으니, 한쪽에 일회용 비닐장갑이 놓여 있었다. 그에게 물었다.

"두리안을 먹는데, 비닐장갑이 필요해요?"
"손에 냄새가 밸 수 있거든. 자, 먹어봐."

그가 추천한 두리안 한 조각을 손에 들었다. 가까이 대자 특유의
냄새가 났다. 어라, 예전만큼 강하지 않은데? 코의 숨을 멈추고 바
로 입으로 넣었다. 앗, 생각보다 나쁘지 않은데? 십 년 전 두리안을
처음 만났을 때와는 다른 느낌이었다.

"처음 먹어 보는데 생각보다 나쁘지 않은데요? 살짝 단맛이 느
껴져요."
"그렇지? 이 맛에 한 번 빠지면 멈출 수 없다니까."

해사하게 웃으며 두리안을 먹는 그의 표정이 귀엽게 느껴져 '이
런 모습도 있으시네.'라는 생각이 들었다. 자신이 좋아하는 두리안
앞에서 어린아이처럼 환한 표정을 짓는 이를 보고 있으니 덩달아
기분이 좋았다. 미안한 마음이 들었다. 다른 이들의 말로 그에 대
한 편견을 가졌던 게 부끄러웠다.

싱가포르 출장을 마지막으로 몇 달 후 퇴사하게 됐다. 나는 그로
부터 사내 메일을 받았다. 아쉽다고, 결혼과 앞으로의 삶을 축복한

다고. 그 메일을 보니 두리안을 건네며 환하게 웃던 그의 얼굴이 생각나면서 마음이 따뜻해졌다. 그는 알까, 두리안을 볼 때마다 당신을 떠올린다는 걸. 겉으로는 뾰족하고 단단하지만, 속은 부드러웠던 두리안처럼 어떤 이의 겉모습과 떠도는 이야기가 전부가 아니라는 걸 싱가포르의 작은 포장마차에서 배웠다.

나의
여름
도넛

해 뜨는 시간이 빨라지고 흐린 날보다 맑은 날이 많아지면 마음이 설렌다. 나의 여름 도넛, 납작 복숭아를 만날 날이 가까워지고 있기 때문이다. 6월에 결혼하여 모스크바로 이주한 내게 도시의 첫인상은 '선선한 여름'이었다. 여름이지만 습도가 높지 않아 끈적거리지 않았고, 바람도 선선했다. 그리고 슈퍼마켓에는 유럽 여행

에서 맛본 납작 복숭아도 있었다.

"나 이 복숭아 좋아해."
"시장에 가면 더 크고 굵은 걸로 살 수 있어."

남편과 함께 '리녹'ʀыноĸ이라 불리는 도심 시장을 방문했다. 신선한 과일, 채소, 꽃 등 작은 푸드코트도 있는 이곳에서 더 크고 달콤한 납작 복숭아를 골랐다. 나는 잠시 잊고 있던 옛 친구를 만난듯 납작 복숭아가 반가웠다. 그 후로 매해 여름 우리 집 냉장고의 신선칸은 납작 복숭아의 장기 임대로 이어졌다.

고구마도 밤 고구마와 호박 고구마로 나뉘고, 복숭아 또한 황도와 백도가 있어 각자의 입맛과 취향이 존재하기 마련이다. 아빠는 백도를 좋아하고 엄마는 황도를 좋아했지만, 부모님이 모스크바에 오셨을 때 납작 복숭아를 준비했다. 내게는 납작 복숭아가 엄마, 아빠의 입맛을 통일시킬 수 있다는 깊은 신뢰와 믿음이 있었다. 엄마가 말했다.

"이렇게 생긴 복숭아도 있네?"

부모님은 물컹거리지도 단단하지도 않고, 백도의 색을 띠면서 황도의 맛이 나는 납작 복숭아의 매력에 푹 빠지셨다. 납작한 모양은 한입에 넣기도 좋아 손에 과즙이 잘 묻지 않는 것도 장점이다. 납작 복숭아를 한 번도 먹어보지 못한 사람은 있어도, 먹어본 사람 중 싫어하는 이는 아직까지 보지 못했다. 모스크바의 여름을 기다리는 이유, 나의 여름 도넛 납작 복숭아를 만날 수 있기 때문이다.

'납작 복숭아야, 네가 오는 여름을 기다리며, 나는 봄부터 이미 행복해.'

이모부의
마술
주스

"그때는 빵을 먹고 싶으면 시내로 나갔지. 이만한 식빵."

오랜만에 만난 독일인 이모부는 손으로 큼직한 네모를 그렸다. 빵이 아닌 쌀, 식탁과 의자가 아닌 상을 마주하고 바닥에 앉는 게 낯설었던 그는 그 시절의 한국에 대한 또렷한 기억을 가지고 있었다. 그가 기억하는 70년대의 한국, 외가 근처엔 제과점이 없어 빵을 사려면 시내로 가야 했다.

파란 눈의 이모부에 대한 첫 기억은 내가 초등학교 때였다. 아빠의 발령으로 전라남도 광주에서 서울로 이사오며, 우리 집은 넓은 거실을 가진 아파트에서 거실 겸 부엌이 있는 작은 연립주택으로 바뀌었다. 나는 여동생과 함께 방을 썼다. 좁은 집에 익숙해질 무렵, 이모네 가족이 서울로 왔다. 이모부의 업무 때문에 세계 곳곳으로 거처를 옮기던 이모네 집은 서울의 평창동에 있었다. 작은 정원이 있는 3층짜리 단독 주택, 통유리 너머 창밖의 햇살이 따스하게 내리쬐고 새소리가 들리는 그 집에 가면 서울이 아닌 다른 나라에 있는 기분이 들었다. 책장 가득 꽂힌 독일어 원서, 세계 곳곳에서 온 작은 소품들까지. 가족들이 커다랗고 둥근 식탁에 둘러앉아 있으면 이모는 갓 구운 파이를 가져왔다. 달콤한 과일을 얹은 파이의 맛은 신기하고 새로웠다.

이모네 집 부엌 옆엔 작은 방이 하나 있었다. 작은 싱글 침대와 책상이 있고, 창밖으로 나무가 보이던 그 방이 마음에 들었다. 이모 집에 가면 내 방인 것처럼 그 방에 홀로 앉아 집에서 가져온 책을 읽곤 했다. 그때 마침 부엌에 들어온 이모부가 내게 영어로 말을 걸었다. 입 밖으로 자신 있게 꺼낼 수 있는 건 'yes' 뿐이었고, 그는 행동과 표정으로 나와 대화를 이어 나갔다. 그가 말했다.

"마술을 보여줄게. 잘 봐!"

이모부는 긴 통에서 작은 알약 하나를 꺼냈다. 투명한 물이 담긴 컵에 알약을 넣으며, 입으로 '횡횡' 효과음을 냈다. '쏴' 하는 소리를 내며 보글보글 거품을 내던 알약은 점점 작아지더니 컵의 수면 위로 떠올랐다. 컵에 담긴 물 색깔은 옅은 주홍빛으로 바뀌었다.

"오렌지주스가 되었지? 마셔봐."

그가 건넨 컵의 물은 정말 오렌지 맛이 났다. 색도 맛도 향도 오렌지 같았다. 이모부는 어떻게 물을 오렌지주스로 만들었을까. 신기해하는 나를 보며 그는 미소 지었다. 오랜 시간이 지나 그 알약의 정체가 발포 비타민이었다는 걸 알게 되었다.

식빵 이야기를 마친 이모부는 부엌으로 가더니 비타민과 물을 가져왔다. 시간이 흐르고 나도 그때의 아이가 아니지만, 모르는 척한 번 더 속기로 한다. '횡횡' 이번엔 내가 소리를 낸다. 동그랗고 납작한 발포 비타민은 보글보글 기포를 뿜더니 잠시 후 사라졌다.
우리는 오래전 그날처럼 서로 해사하게 웃으며 '짠' 하고 서로의 잔
을 부딪쳤다.

가장
맛있는
감자

　　패스트푸드점에서 감자튀김 한 봉지를 사서 나오는데, 러시아
인 남자가 다가오며 말을 걸었다.

　　"아가씨, 감자 신선해요?"

갑작스러운 그의 질문에 놀랐지만, 스쳐 지나가며 남편에게 물었다.

"왜 신선하냐고 물어보는 거지?"
"하나 달라는 거야."

배고프다는 표정을 짓지도 않았고, 하나 달라는 직접적인 요구도 아닌 '신선하냐?'고 묻는 말과 상황의 뉘앙스를 이해하지 못했다. '신선하다'란 의미의 '스베지'свежий라는 러시아어 단어를 알고 있었지만, 조리가 끝난 감자튀김에도 그 말을 쓸 수 있구나. 또 하나 배웠다. 스베지라는 단어가 어울릴 정도로 러시아의 감자는 맛도 좋고, 가격도 저렴하다.

러시아의 슈퍼마켓에 가면 모양도, 크기도 다른 감자들이 산처럼 쌓여 있다. 무게(g)당 가격을 매기는데 꽤 굵은 감자 10알을 2,000원 미만의 가격으로 산 적도 있다. 감자를 주식으로 먹는 러시아인들은 보통 한 번에 2kg, 5kg 등 한 망 가득 구매한다. 껍질이 붉은 감자, 흙이 고스란히 묻은 감자, 한 번 씻은 감자, 감자의 종류와 이름도 다양하다. 러시아인 친구 알료나에게 물었다.

"어떤 감자를 골라야 할지 늘 고민이 돼. 어떤 게 제일 맛있는 거야?"

"가장 맛있는 감자는 우리 부모님 다차Дача, 별장에서 기른 감자야."

대화를 나누고 며칠 지나지 않아, 우리 집 식탁엔 그녀가 말한 '러시아에서 가장 맛있는 감자'가 도착했다. 주먹 크기의 알이 굵고 단단한 감자는 알료나의 부모님 별장 마당의 흙이 그대로 묻어 있는 신선한 상태였다. 비닐봉지를 빼곡하게 채운 감자를 보며 가장 맛있게 먹을 수 있는 조리법을 고민했다.

감자 한두 알을 골라 물에 씻고 껍질을 벗기고 채칼로 썬 후 소금을 살짝 뿌려 두면, 감자의 전분 성분으로 물이 생기는데 이를 손으로 꼭 짠다. 기름을 넉넉히 두른 프라이팬에 얇게 채 썬 감자를 펼쳐서 올리고, 한쪽이 익으면 반대쪽으로 조심히 뒤집는다. 별도의 밀가루나 부침가루를 넣지 않아도 감자 자체의 전분이 있어 흐트러지지 않는다. 바싹 구운 감자채 전을 접시에 올리고, 깨끗하게 씻은 루콜라를 듬뿍 올린 후 트러플 오일을 뿌린다. 노란 감자와 초록의 루콜라 그리고 향긋한 트러플까지. 오늘 저녁 식탁은 신선함, 그 자체다.

톨스토이의
고향에서

금요일 밤 남편과 함께 툴라행 기차를 탔다. 모스크바의 남쪽,
톨스토이의 고향인 야스나야 폴랴나에 가기 위해서다.

"와, 침대 칸이다!"

"편안하게 가면 좋을 거 같아서."

캄캄한 밤이라 밖의 풍경을 볼 수 없어 아쉬웠지만, 서로 마주 보는 침대 칸과 가운데 놓인 작은 테이블, 신문과 슬리퍼 등은 영화 속에 들어와 있는 것 같은 기분이 들게 했다. 자정이 훌쩍 넘은 시간에 툴라에 도착한 우리는 숙소에 짐을 풀고 바로 잠이 들었다.

다음 날 아침, 밝은 햇살이 내리쬐는 툴라의 거리를 걸었다. 톨스토이가 태어난 마을 야스나야 폴랴나와 가까워서인지 거리에는 그의 책을 크게 만든 모형이 전시되어 있었고, 한 카페에서는 그의 초상화를 볼 수 있었다. 우리는 늦기 전에 그를 만나기 위해 서둘러 택시를 잡았다.

택시를 타고 30분 정도를 달려 톨스토이의 영지 야스나야 폴랴나에 도착했다. 짧지만 화려한 러시아의 황금빛 가을이 절정인 10월 중순이었다. 입장권을 끊고 들어선 그의 영지는 매우 넓었다. 보행로가 된 오솔길 주변으로 높게 솟은 자작나무 잎사귀들이 햇살과 바람에 금빛 동전처럼 반짝였다. 바닥에 수북이 쌓인 바스락거리는 낙엽을 밟으며 끝없는 들판을 산책했다. 길 한쪽에는 그가 심은 사과나무에서 딴 사과를 파는 노상이 펼쳐져 있었다.

사람들을 따라 또 다른 숲길로 향했다. 다른 길과 별반 다르지 않은 오솔길의 끝. 비석이나 화려한 문구 하나 없이, 초록의 풀로 덮인 톨스토이의 무덤은 자연과 하나처럼 보였다. 그는 부유한 집에서 태어난 자신에게 주어진 혜택을 부끄러워했고, 농민을 사랑했다. 생전의 유언을 따른 그의 마지막 모습은 마음에 깊은 울림을 주었다.

그의 영지 한쪽에 놓인 긴 통나무 의자에 남편과 함께 걸터앉았다. 입구에서 사온 프리야닉Пряник을 가방에서 꺼냈다. 천안을 방문하면 호두과자를 사듯이 툴라를 찾은 러시아인들은 친구들을 위해 프리야닉을 산다. 꿀과 계피를 넣은 반죽에 사과잼이 들어 있는 프리야닉은 러시아의 오래된 전통 과자이다. 톨스토이도 따뜻한 차와 함께 이 과자를 먹으며 글을 썼을까. 그가 남긴 명언을 다시 한번 마음에 새겨본다.

나는 내가 사랑하는 것을 모두 가지고 있지 않지만,
나는 내가 가진 모든 것을 사랑한다.
-레프 톨스토이

House of Leo Tolstoy in Yasnaya Polyana
http://ypmuseum.ru
301214 Yasnaya Polyana, Tula Oblast, Russia

따뜻한
분홍색
수프

처음으로 보르쉬를 먹은 건 남편과 연애하며 처음 러시아에 왔을 때였다. 시차로 인해 몸 상태가 좋지 않은 데다 갑작스러운 추위에 으슬으슬 감기 기운이 돌자, 그는 내게 보르쉬를 추천했다.

"입에 잘 맞을 거야. 한국의 소고기 뭇국이랑 비슷해."

주재료가 붉은 비트인 탓에 맑은 소고기 뭇국 색과는 달라 망설였지만, 맛은 만족스러웠다. 감칠맛이 나는 소고기 육수에 푹 익힌 무와 양배추가 씹혔다. 수프라기보다는 한국의 국과 더 비슷한 느낌이었다. 오랫동안 끓인 김치찌개 같기도 했다. 날씨와 풍경이 생경한 러시아에서 처음으로 찾은 한국과의 공통 분모였다. 보르쉬와 함께 나온 작은 그릇의 하얀 소스가 눈에 띄었다.

"이 하얀 소스는 뭐야?"
"스메타나라는 러시아식 샤워 크림이야. 보르쉬에 넣어서 먹으면 돼."

포크로 살짝 찍어 맛을 본 스메타나는 시큼한 맛이 났다. 멕시코 음식점에서 먹던 샤워 크림은 내게 이국적인 소스였다. 채소를 찍어 먹거나 화이타를 먹을 때 곁하는 소스를 국에 넣는 게 이상했지만, 그의 조언을 따라 스메타나를 보르쉬에 넣었다. 붉은색을 띠었던 국은 분홍색이 되었다. 분홍빛의 국이라니, 어린 시절 만화영화에서 보았던 마녀가 만든 마법 수프처럼 먹으면 이상한 초능력이 생길 것 같았다. 붉은 보르쉬 수프를 분홍으로 만드는 스메타나는 슈퍼마켓에서 지방함량별로 구할 수 있어 러시아인들이 즐기는 소스다. 러시아식 만두인 펠메니, 치즈케이크 씨르니키, 스메타닉이라 불리는 케이크에도 스메타나가 들어간다. 이제 나도 스메타나를 즐기게 되었다.

흐린 하늘에 따끈한 국물이 생각나는 날, 러시아 어학당의 식당 메뉴에서 보르쉬를 발견하면 반갑다. 음식을 담아주던 분이 내게 물었다.

"스메타나도 넣을 거예요?"
"네. 당연하죠."

붉은 보르쉬에 하얀 눈처럼 스메타나 한 덩이가 사뿐히 내려앉았다. 차가운 스메타나를 수저로 휘휘 적으니 금세 분홍빛을 띤 마법 수프가 된다. 따끈한 보르쉬를 입에 넣으니 잔뜩 긴장된 몸과 마음이 풀어졌다. 배워도 늘 제자리 걸음인 러시아어, 차갑게 굳은 표정의 러시아인, 좀처럼 해가 나지 않는 긴 겨울의 러시아에서 '내가 이 땅에서 잘 살아갈 수 있을까?' 하는 알 수 없는 불안과 두려움으로 막막한 마음이 드는 날이면 보르쉬를 찾는다. 그리고 처음 내게 말을 걸어준 러시아와의 첫 만남을 떠올린다. 오늘도 꽁꽁 얼어 있는 마음을 녹여주는 마법의 분홍 수프를 먹으며 겨울을 난다.

짝꿍이
된다는 건

　바르셀로나의 겨울은 모스크바와 달랐다. 따스한 햇살에 코트한 장만 걸친 채 맨바닥의 콘크리트 거리를 걷다가 카페에서 음료를 주문하니 자연스레 윙크하는 청년을 보며 이곳이 모스크바가 아닌 바르셀로나라는 것을 깨닫는다.

결혼 후 바로 모스크바로 온 우리 부부의 신혼여행지는 겨울의 스페인이었다. 수도 바르셀로나는 남편과 내가 꼭 가보고 싶은 도시였다. 비행기로 4시간 반, 바르셀로나에 도착하니 생각보다 따스한 날씨에 두터운 패딩 대신 코트를 입고 오길 잘했다 싶었다. 눈이 많이 오는 모스크바에서는 겨우내 장화를 벗지 못했는데, 바르셀로나에 도착하자마자 검은색 단화로 갈아 신고 가벼워진 발만큼 몸도 마음도 가볍게 거리를 걸었다.

"눈길이 아닌 바닥이 훤히 드러난 길을 걸으니 좋다."
"예쁜 구두 가져오길 잘했네."

다음 날 새벽, 미리 신청해 둔 가우디 투어를 위해 택시를 타고 구엘 공원에 도착했다. 서로의 얼굴이 보이지 않을 정도로 캄캄한 어둠 속에서 가우디와 구엘에 대한 이야기가 시작됐다. 가이드의 설명이 끝나고 공원을 오를 때쯤 붉은 해가 모습을 보였다. 가이드가 말했다.

"여러분, 참 아름답죠. 구엘과 같은 후원자가 없었다면, 가우디도 없었을 거예요. 그랬다면 우리는 이렇게 아름다운 건축물도 보지 못했겠죠."

가이드는 지금 우리가 가우디의 작품을 볼 수 있는 건, 그의 천재성을 알아봐 준 구엘이라는 후원자 덕분이라고 말했다. 그의 이야기를 들으며 '누군가에게 한 사람이 되어준다는 것'에 대해 생각했다. 남들이 뭐라고 하든 좋은 점을 봐주는 한 사람, 본인 스스로 의심할 때도 믿어주는 한 사람. 부부가 된 남편과 내가 서로에게 그런 한 사람, 짝꿍이 되어주면 좋겠다고 생각하며 우리의 결혼 서약처럼 매일 사랑을 심는 하루를 만들겠다고 다짐했다.

이어폰을 꽂고 가이드의 설명을 따라 바르셀로나 거리를 거닐었다. 걷다 보니 오래전 가우디와 구엘의 모습을 상상하게 되었다. 정보가 없이 걸었다면 그냥 지나쳤을 건축물, 바닥의 표시, 골목의 풍경이 생생하게 우리에게 다가왔다. 한참 설명하던 가이드는 오래된 추로스 가게 앞에 멈춰 서서 말했다.

"스페인 사람들이 추로스를 정말 좋아해요. 이 집이 꽤 유명하니 먹고 갈까요."

가이드의 제안에 모두 수긍하며 줄을 섰다. 1968년부터라고 쓰인 걸 보니 50년이 훌쩍 넘은 가게였다. 내 앞에서 이미 만들어진 추로스가 뚝 떨어졌다. 새로 나올 추로스를 기다리며, 하얀 요리복을 입고 추로스를 만드는 할아버지의 모습을 살폈다. 기계를 돌리며 반죽을 떼어서 능숙하게 추로스를 만드는 그의 손놀림, 뜨거운 기름에 퐁당 빠진 추로스가 골고루 튀겨지도록 주걱을 든 손을 조심스레 움직이는 그의 동작에서 절도 있는 리듬감이 느껴졌다. 나는 남편에게 말했다.

"갓 구운 거라 더 맛있을 거 같아."
"설탕도 뿌려달라고 하자."

우리는 설탕이 살짝 묻은 추로스와 초콜릿 시럽 세트를 받았다. 남편과 팔짱을 끼고 각자 손에 초콜릿 시럽이 담긴 컵과 추로스 봉지를 하나씩 들었다. 우리는 거리를 걸으며, 서로의 손을 내밀어 추로스를 초콜릿 시럽에 찍어 먹었다. 추로스와 초콜릿 시럽은 짝꿍처럼 맛이 잘 어울렸다. 고급스러운 레스토랑의 비싼 음식이 아닌 거리의 추로스와 커피를 마시며 웃을 수 있는 이와 만나서 다행이다. 둘이 걸어갈 또 다른 길의 시작, 우리의 첫 출발이 마음에 든다.

XURRERIA

Baixos, Carrer dels Banys Nous, 8, 08002 Barcelona, 스페인

예상하지
못한
만남

바르셀로나에서 가우디가 아닌 또 다른 이를 만날 거라고는 생각하지 못했다. 바르셀로나를 다녀온 이들의 '아는 만큼 보인다.'라는 조언을 귀담아듣지 않았다면, 가우디 투어를 예약하지 않았다면, 해박한 지식을 가진 한국인 가이드를 만나지 못했다면, 가우디의 건축물을 보며 감탄만 하고 집으로 돌아왔을 것이다. 가이드

의 설명을 따라 고딕 지구를 걸으며 피카소의 이야기를 들었다. 그의 맛깔스러운 설명에 심취해 있을 무렵이었다.

"피카소 그림의 배경이 된 거리를 여러분에게 공개합니다."

그 거리는 오래전 뉴욕 현대 미술관에서 보았던 〈아비뇽의 처녀들〉의 배경이 된 곳이었다. 바르셀로나의 아비뇽 거리, 환락가였던 그곳의 여성들을 주인공으로 한 피카소의 그림은 당시엔 혹평을 받았지만, 입체주의의 시작을 알리는 그의 대표작이 됐다. 바르셀로나에는 가우디뿐만 아니라 피카소도 있었다. 예상하지 못했기에 더 인상 깊었던 청년 피카소의 이야기. 옛 흔적을 고스란히 간직한 고딕 지구에는 피카소가 자주 갔다는 1987년에 오픈한 "네 마리의 고양이"Els Quatre Gats 카페도 남아 있었다.

"열일곱 살의 피카소는 이 카페에서 최초로 전시회를 열었어요. 이 카페의 메뉴판 그림도 피카소가 그렸죠."

가이드의 말에 그날 밤 숙소로 돌아와 피카소 미술관을 예약했다. 우리가 아는 피카소의 그림은 단순한 것들이지만, 미술관에서는 그의 그림들이 하나의 선으로 표현되기까지 어떠한 과정을 거

쳤는지 볼 수 있었다. 거장은 하루아침에 탄생하는 게 아니라, 오랜 시간 수많은 연습으로 완성되어 간다는 걸 깨닫게 되었다. 심지어 그는 노년에 도자기도 빚었다. 그에게 예술은 숨 쉬는 공기처럼 자연스러운 일이 아니었을까. 남편과 함께 피카소를 만나고 돌아오는 길에 어제 들은 그가 첫 전시회를 열었다는 카페에 갔다. 피카소를 비롯한 예술가들의 아지트였다는 카페에 앉아 꼬르따도 두 잔을 주문했다.

꼬르따도Cortado는 메뉴판에 없어도 어디서나 마실 수 있는 스페인의 대표적인 커피다. 커피와 우유의 함량이 1:1의 같은 비율로 만든 진한 커피는 작은 잔에 나온다. 스팀 된 우유를 넣는 콘레체와 달리 꼬르따도는 뜨겁지 않은 우유를 넣어 좀 더 커피 맛이 진하다. 함께 준 설탕을 솔솔 뿌렸다. 에스프레소처럼 쓰지 않고, 카페라테처럼 배가 부르지도 않은 적당한 양으로 달콤하고 진하다. 오래전 이곳에서 벅찬 마음으로 자신의 그림을 전시했던 열일곱의 피카소를 떠올리며 우리는 천천히 꼬르따도를 음미했다.

Els 4Gats

http://4gats.com/
Carrer de Montsió, 3, Ciutat Vella, 08002 Barcelona, Spain

이럴
빠에야

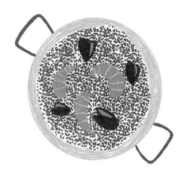

스페인을 안 가본 사람은 있어도, 싫어하는 사람은 보지 못했다.
현지에서 만난 가이드 역시 바르셀로나 예찬을 시작했다.

"음식 맛있죠. 날씨 좋죠. 식재료 저렴하죠. 4월의 바르셀로나는
따뜻한 바람이 살의 솜털을 스쳐요. 언젠가 여러분도 그 기분을 느

낄 수 있었으면 좋겠어요. 스페인이 유럽 다른 나라에 어떤 의미일지 생각해 보았는데, 한국 사람들이 생각하는 동남아시아의 태국이 아닐까 싶어요. 한국 사람들 태국 여행 많이 가잖아요."

그의 이야기에 나도 모르게 고개를 끄덕였다. 태국을 안 가본 이는 있어도 싫어하는 사람은 보지 못했다. 친절한 사람들, 맛있는 음식, 기분 좋은 날씨, 쇼핑하기 좋은 가게들까지 스페인과 태국은 닮았다.

여행 중 우리는 남편의 후배 두 사람을 만났다. 그들도 모스크바의 겨울을 피해 바르셀로나로 여행을 온 것이었다. 언제 식사나 하자던 약속이 모스크바가 아닌 바르셀로나 식당에서 이뤄지다니! 우리보다 더 많은 스페인 여행 경험이 있는 그들 덕분에 음식 주문이 수월했다. 한참 이야기를 나누다 보니 까만 색깔의 먹물 빠에야가 우리 식탁에 놓였다. 남편의 후배가 말했다.

"이 음식은 소개팅할 때는 먹으면 안 되겠네요."

우리는 함께 웃었다. 오징어 먹물을 넣어 까만색을 띤 빠에야는 팬에 넓게 펼쳐진 흑미처럼 보였다. 숨어 있던 오징어와 조개, 해산물과 함께 진하고 깊은 맛이 났다. 바르셀로나 여행 중 다양한 소스의 빠에야를 먹었다. 빵보다 밥이 좋은 나는 어떤 종류의 빠에야를 먹어도 맛있었다. 끼니마다 생각나는 빠에야 때문에 한 가지 결심을 했다.

'이럴 바에야 장비를 사야겠어.'

여행의 마지막 날 아침, 공항으로 가기 전 바르셀로나의 주방용품을 파는 가게에 들러 빠에야 전용 프라이팬을 샀다. 빠에야 맛의 비밀은 이 널찍한 프라이팬에 있겠지. 자주 바르셀로나에 오지 못할 바에야, 빠에야를 직접 만들어 먹고 말겠어!

Les Quinze Nits

http://andilana.com/
Pl. Reial, 6, Ciutat Vella, 08002 Barcelona, 스페인

섬마을의
병아리콩
수프

바르셀로나를 떠나 이비사로 향했다. 인터넷에 검색하면 나오는 섬의 대표 사진은 클럽과 파티로 북적였지만, 여름이 아닌 겨울 비수기의 섬은 고요했다. 스페인 여행에서 이비사를 택한 건 지중해 바다를 직접 보고 싶었기 때문이다. 예약한 숙소의 매니저는 우리 부부를 반갑게 맞았다.

"이비사에 온 걸 환영해. 여긴 처음이니?"

"응, 스페인은 처음이야."

"비수기라 바닷가는 문 닫은 곳이 많겠지만, 한적하고 아름다운 이 시기에 잘 왔어."

숙소에는 나무로 만든 칫솔, 천장의 나무 선풍기, 라탄 탁자와 보관함까지 있어 동남아시아에 온 것 같았다. 짐을 풀고 편한 옷을 입은 후 동네 산책에 나섰다. 거리 곳곳에 곧게 뻗은 야자수, 가까이 보이는 파란 바다, 항구에 정박한 배들 너머로 해가 지는 풍경이 아름다웠다.

다음 날 아침 우리는 포멘테라섬으로 향했다. 이비사의 선착장에서 배를 타고 30분을 가는 데, 마치 제주도의 우도를 가는 것 같다. 지중해를 건너 도착한 섬에서 자전거를 타고 해변도로를 달렸다. 비수기라 그런지 도로에는 그와 나뿐, 아무도 없었다. 도착한 바닷가에는 성수기라면 사람으로 붐비었을 음료 가판대, 식당들의 흔적만 덩그러니 있었다. 한적한 모래사장을 산책한 뒤 다시 숙소로 돌아왔다. 종일 바닷바람을 쐬었더니 으슬으슬한 한기가 느껴졌다. 숙소 매니저에게 근처에 추천할 식당이 있는지 물었다.

"사거리에 이탈리안 식당 가봤어? 거기 홈메이드 파스타랑 수프가 정말 맛있어."

그의 추천을 받아 도보로 5분 거리에 있는 이탈리안 레스토랑에 왔다. 겉으로 보기엔 평범해 보여서 스치듯 지나왔는데, 안으로 들어서니 딱 한 테이블만 남아 있을 정도로 손님으로 꽉 차 있었다. 칠판에 적힌 오늘의 메뉴를 보고 해산물 파스타와 리조또, 병아리콩 수프를 시켰다. 큰 그릇에 듬뿍 담겨 있는 수프엔 동글동글한 병아리콩이 가득 들어 있었다. 양배추를 듬뿍 넣은 채소 육수는 달큰하면서 속도 편안했다. 알맞게 익은 병아리콩도 부드러웠다. 수저로 수프를 먹으니 따뜻한 기운이 온몸으로 퍼졌다. 남편과 서로 마주 보며 웃었다.

'몸이 으슬으슬할 때는 따끈한 국물이 최고야. 그렇지?'

Restaurante Il Giardinetto

http:// www.ilgiardinettoibiza.com
07800 Ibiza, Balearic Islands, Spain

오렌지
나무
아래에서

"언니, 마드리드로 올래? 엄마랑 여행을 가려고 해."

2월 중순, 여동생에게 연락이 왔다. 엄마와 스페인 여행을 계획 중이었던 여동생은 내게 마드리드와 세비야 일정에 함께하지 않겠냐고 물었다. 가고 싶은 마음도 있었지만, 러시아어 학교가 이미 개강을 한 상태라 망설여졌다. 이에 남편이 말했다.

"그래도 엄마, 동생이랑 함께 여행할 수 있는 기회가 흔치 않을
텐데, 학교는 일주일 쉬는 건 어때?"
"정말 그래도 될까?"

남편의 말에 망설이던 마음을 접고, 스페인 마드리드행 비행기
에 올랐다. 숙소 앞 지하철역으로 마중나온 엄마와 여동생을 만났
다. 그때 여동생이 아쉬운듯 말했다.

"엄마한테 비밀로 하고 언니를 깜짝 손님으로 부르려고 했는
데…"
"그럼 안 되지. 엄마가 네 언니한테 챙겨줄 게 있을 수도 있잖아."

숙소에서 며칠 전 생일이었던 나를 위해 엄마와 여동생이 가져
온 미역국 라면을 먹고 목적 없이 길을 나섰다. 거리를 걷다가 마
음에 드는 가게가 있으면 들어가 구경을 하고, 카페에서 커피를 마
시며 수다를 떨었다. 엄마와 여동생 그리고 나, 이렇게 셋이 함께
한 해외여행은 처음이었다. 기차를 타고 마드리드에서 세비야로
가는 길, 창을 통해 들어오는 따스한 햇살에 금세 나른해져 잠시

눈을 붙였다. 세비야의 거리는 초록빛의 잎사귀들 사이로 주황색의 오렌지가 가득 열려 있었다. 우리는 환호성을 질렀다.

"세상에, 가로수가 오렌지 나무라니 낭만적이야!"

오렌지나무의 절정은 세비야 대성당의 뒷마당이었다. 콜럼버스의 관이 있는 대성당을 둘러보고 나오자 마치 제주도의 감귤농장처럼 햇살에 반짝이는 오렌지 나무가 가득한 정원이 우리를 기다리고 있었다. 감나무처럼 오렌지가 주렁주렁 탐스럽게 달려 있었다. 엄마는 감탄했다.

"너무 예쁘다. 그렇지?"

이 순간을 오래 기억하고 싶어 사진을 찍어보았지만, 아무리 찍어도 아름다운 풍경은 사진 한 장에 담기지 않았다. 우리는 지금 함께 이 공간에 있다는 사실만으로 감사하고, 행복했다.

세비야의 슈퍼마켓 어디를 가든 오렌지가 있었다. 오렌지를 기계에 한 알씩 넣으면 껍질이 벗겨지고, 신선하게 즙을 짜서 통에 담아갈 수 있는 순도 100%의 오렌지 주스가 달콤했다. 스페인의 카페 아침 메뉴에는 늘 오렌지주스가 포함되어 있었는데, 세비야는 오렌지 천국이다. 스페인 세비야 사람들의 활기찬 표정과 기운은 오렌지에서 시작되는 걸까?

스페인식
오믈렛

엄마와 여동생은 바르셀로나로 떠나고, 나 홀로 다시 마드리드로 돌아왔다. 처음부터 혼자였다면 느끼지 못했을 공백과 허전함이 몰려왔다. 셋이 함께 걸었던 거리를 거닐고, 작은 가게들을 구경하다가 일찍 숙소로 돌아와 동생이 준 책, 김소연 산문집 《나를 뺀 세상의 전부》를 읽었다. 그 책에는 그녀가 직접 만나서 보고 경

험한 소소한 일상이 담겨 있었다. 그녀의 글을 읽으며 이번 여행의 경험들을 간단히 기록했다. 저녁 8시, 마드리드의 마지막 밤을 호텔에서만 머물 수 없어 거리로 나섰다.

숙소 근처에 솔광장이 있어서인지 숙소 앞은 해가 진 밤에도 관광객들로 붐비었다. 문득 여동생이 말했던 바닥의 '킬로미터 제로'Kilómetro Cero가 떠올랐다. 광장 가까이 가니 지도를 보지 않아도, 발과 함께 사진 찍는 사람들의 모습을 보며 그 위치를 확인할 수 있었다. 킬로미터 제로는 스페인 전역으로 향하는 모든 도로의 기점이 되는 곳이다. 이 표식에 발을 올리면 다시 마드리드로 돌아온다는 이야기가 있어 관광객들은 모두 이곳에서 사진을 찍는다고 한다. 나도 발을 올리고 사진을 찍었다. 내가 사는 모스크바와 달리 물이 깨끗해 석회수 걱정을 하지 않아도 되는 이곳에 다시 한번 꼭 오고 싶었다.

다음 날 아침, 체크아웃을 하고 공항에 가기 전 아침을 먹기 위해 다시 거리로 나섰다. 마드리드의 마지막 식사로 무엇이 좋을까 고민하다가 거리에서 보았던 "Café & Te"라는 카페로 들어갔다. 친절하게 사진이 있는 브런치 메뉴를 확인하고 스페인식 오믈렛 Pincho Tortilla Espanola, 바게트, 커피와 오렌지주스 세트를 시켰다. 보통은 커피 또는 오렌지주스를 선택해야 하는데 그와 달리 물 한 잔처럼 신선한 오렌지주스가 포함된 스페인식 브런치가 마음에 들었다.

접시에는 바게트 반쪽과 스페인식 오믈렛이 있었다. 치즈케이크 같은 오믈렛이 신기해서 속부터 살펴보니 켜켜이 쌓인 얇은 감자와 양파가 눈에 띄었다. 감자를 넣은 오믈렛은 스페인에서 토르티야 데 파타타스tortilla de patatas라고 불린다. 스페인의 대표 가정 요리 중 하나인 이 음식은 전쟁 중에 어떤 집을 방문한 장군에게 여인이 내온 요리에서 시작되었다고 한다. 따뜻하고 도톰하면서 감자와 양파, 계란의 조합이 절묘하게 어울리는 맛에 한국에서 먹던 큰 계란말이가 떠오르기도 하고, 포근한 감자는 또 다른 느낌이 들었다. 어떻게 만드는지 궁금하여 인터넷으로 레시피를 검색해 보았다. 집에 돌아가면 바로 할 일이 생겼다. 모스크바의 감자로 꼭 직접 만들어 먹어봐야지.

Cafe&Te

http://cafeyte.es/
C/Carrera de San Jerónimo, 4, 28013 Madrid España

새로운
세상으로의
초대

"혹시 여기도 이상한 단체나 종교가 있어?"

모스크바의 트램에서 안나를 만난 날, 집에 돌아와 남편에게 물었다. 안나는 하굣길의 트램 앞 좌석에 앉아 있던 내게 러시아어로 길을 물었다. 내가 러시아어를 잘 못한다고 답하자 그는 영어로 나와 대화를 나누었다. 우리는 같은 곳에서 내렸다. 눈이 많이 온 바닥은 미끄러웠고, 갑자기 안나가 내게 팔짱을 끼더니 지하철역까지 함께 걸었다. 승강장까지 와서 헤어질 때쯤 다음에 같이 커피를 마시자며 본인의 연락처를 주었다. 경험상 슈퍼나 거리에서 만난 러시아인들이 먼저 살갑게 다가오는 경우가 드물었기에, 안나의 행동이 의심스러웠다. 그렇게 한 달이 지났다. 카페에서 휴대전화를 보다가 그녀의 연락처를 보고 생각이 나서 문자를 보냈다.

"안녕, 혹시 나 기억하니?"
"그럼, 연락을 기다리고 있었어. 지금 뭐 하고 있어?"

그렇다. 안나만 내게 번호를 주었기에 안나가 먼저 연락할 수 없었던 것이다. 몇 번의 메시지를 주고받으며 이야기를 나누던 어느날, 시내에서 함께 점심을 먹기로 했다. 영어가 가능했던 그녀는 러시아어보다 영어가 좀 더 편했던 나와 자유롭게 대화가 가능한 러시아인이었다. 약속 장소에 먼저 도착하여 기다리고 있는 나를 안나가 알아보고 먼저 다가와 볼 키스를 하고 자연스레 팔짱을 끼었다. 그녀가 말했다.

"네가 연락해 줘서 정말 기뻤어. 점심으로 조지아 음식 어때?"

"뭐든 좋아."

    미국의 조지아만 떠올리던 나는 안나를 통해 조지아, 구소련 시절의 그루지야를 알게 되었다. 러시아와 터키 사이의 작은 나라 조지아는 1991년 구소련이 붕괴하며 독립 국가가 되었다. 식당에 도착하여 메뉴를 보니 이미 먹어본 적 있는 왕만두, 힌칼리^{Хинкали}가 있었다. 그제야 모스크바 곳곳에서 보았던 조지아 음식점들이 생각났다. 안나는 메뉴를 고르며 단조로운 러시아 음식에 비하여 향신료, 허브가 발달한 조지아 음식은 러시아인들에게 인기가 많다고 덧붙였다.

    안나는 하차푸리^{Хачапури}를 주문했다. 치즈를 듬뿍 넣은 조지아식 피자다. 치즈와 날계란을 품은 아자르식 하차푸리가 나왔다. 화덕에서 구운 빵 사이로 녹은 치즈, 그 위의 노른자가 살아 있는 작은 돛단배 모양의 피자다. 가운데 치즈와 계란을 흐트러뜨리고, 곁에 있는 빵부터 뜯어 찍어 먹었다. 고소하고 쫄깃했다. 혼자 피자 한 판은 다 먹을 수 없어도 작고 아담한 하차푸리는 가능할 것 같다. 음식을 먹으며 안나의 조지아 여행 이야기를 들었다. 아직 가보지 않은 미지의 나라. 서로의 삶에 초대되어 이제껏 알지 못했던 다른 세상의 문이 열리고 있었다.

친구의
레시피

러시아에 살면서 감격스러웠던 순간 중 하나는 카페에서 러시아어 주문에 성공했을 때다. 러시아어도 어려웠지만 나는 손님을 대하는 그들의 차가운 표정에 자주 움츠러들었다. 머릿속으로 몇 번을 연습한 후, 카페 "쇼콜라니짜"에서 카페라테 주문에 성공한 순간을 잊을 수 없다. 그 후 종종 모닝커피의 기쁨을 누릴 수 있었

다. 다시 학생의 신분이 되어 커피 한 잔을 들고 학교로 향하는 기분은 묘했다. 이른 아침의 카페에는 식사하는 손님들이 많았다. 그들의 쟁반 위에 하얀 두부 같고, 구운 치즈처럼 보이는 작고 둥그런 빵들이 눈에 띄었다. 그 음식의 정체를 알려준 건 친구 안나였다.

"시르니키야. 만들기 쉬워."
"한번 배워보고 싶은데, 가르쳐줄 수 있어?"
"우리 집에서 같이 만들어보자."

러시아인들이 좋아하는 작은 치즈 팬케이크, 시르니키Сырники의 주재료는 트보로크Творог라 불리는 코티지 치즈다. 안나는 트보로크에 밀가루를 넣고 계란, 설탕을 섞었다. 손에 덧가루를 묻힌 후 적당히 떼어 몇 번 치대더니 버터를 넉넉히 발라 달군 팬에 덩어리를 얹었다. 한국의 동그랑땡 같고, 작은 호떡처럼 보이는 시르니키가 '치익칙' 소리를 내며 구워졌다.

"처음에는 센불로 하다가 중간 불로 바꾸고, 타지 않게 버터를 넉넉히 발라줘야 해."
"한국에도 비슷한 모양의 음식이 있어. 우린 버터가 아닌 기름을 사용해."

팬 위에 놓인 시르니키의 가운데를 손으로 살짝 누르는 안나를
보며, 호떡이 떠올랐다. 노릇하게 익어가는 시르니키에서 버터향
이 진하게 났다. 작고 귀여운 크기의 시르니키와 함께 안나의 어머
니가 만든 러시아식 잼 바렌니, 샤워크림인 스메타나를 접시에 담
았다. 따뜻한 홍차도 진하게 내렸다. 작은 테이블에 앉아 따뜻한
시르니키를 먹으며 그녀의 이야기를 들었다.

"오래전 40년간 두 여자가 감옥에 있었대. 매일 같이 밥을 먹고,
일하고, 이야기하고 그들은 모든 시간을 함께했지. 출소하는 날,
두 사람은 또 길을 걸으며 계속 이야기를 나눴대. 마치 우리처럼
말이야."

나의 러시아인 친구 안나. 쓸쓸하고 추운 러시아의 겨울, 너를
만나지 않았더라면 모스크바의 삶은 더 추웠겠지. 앞으로도 우리
같이 먹고 마시면서 오래 오래 이야기를 나누자.

잘 가,
나의
겨울

 겨울이 긴 러시아에서는 봄을 맞는 특별한 기간이 있다. "마슬레
니차"Масленица라 불리는 봄맞이 축제다. 러시아정교회의 달력에
따라 부활절을 기준으로 축제가 시작되는 날짜는 매해 바뀐다.
2024년의 마슬레니차는 3월 11~17일로 이 축제가 끝나면, 40일의
사순절을 보낸 후 부활절을 맞는다. 굳이 달력을 보지 않아도 마슬

레니차가 가까워졌다는 것은 슈퍼마켓에서 알 수 있다. 마슬레니차를 앞둔 슈퍼마켓에는 특별 매대가 열리기 때문이다. 메밀가루, 밀가루, 베이킹소다, 해바라기씨 오일, 꿀, 우유, 버터가 한곳에 가득 모여 있다. 축제 기간에 먹는 러시아식 팬케이크 블린니Блины를 위한 재료들이었다. 함께 장을 보던 남편에게 물었다.

"저 여자아이 인형은 뭐야?"

"마슬레니차라고 불러. 원래 지푸라기 인형으로 만드는데, 축제의 마지막 날 태우는 거야. '겨울아, 잘 가.' 하고 인사하는 거지."

러시아 어학당 선생님은 수업 시간에 영화 〈러브 오브 시베리아〉 The Barber Of Siberia, 1998를 보여주었다. 러시아의 겨울 풍경이 아름답게 펼쳐지는 영화 속 장면 중에는 마슬레니차 축제 현장도 있다. 눈이 가득 쌓인 광장에 모인 이들은 블린니를 먹고, 남성들은 편을 갈라 주먹다짐을 한다. 두 편으로 나뉜 이들은 겨울과 봄을 상징하는데, 결과는 늘 봄이 이기는 것으로 마무리된다. 승패의 의미보다 겨우내 움츠려 있던 몸을 깨우고 움직이는 데 의미가 있다는 선생님의 설명이 기억에 남았다. 그런데 왜 많은 음식 중 블린니일까?

"이 동그란 모양이 대양을 닮아서 그래. 따뜻한 봄을 맞이하는 거야."

  카페에서 만난 안나가 삼각형 모양으로 접혀 있던 블린니를 펼
치자 크고 동그란 접시가 블린니로 덮였다. 도톰한 팬케이크와 달
리 얇은 크레이프에 가까운 블린니, 러시아에서는 이 블린니에 스
메타나, 캐비어, 잼을 곁들인다. "블린니가 없으면 마슬레니차가
아니다."라는 말이 있을 정도다.

  마슬레니차를 앞두고 친구가 기획한 블린니 만들기 수업에 참
여할 기회가 생겼다. 덥수룩한 수염을 가진 요리사 올렉이 알려준
대로 블린니를 만들었다. 버터를 넣고 국자로 반죽을 한 번 덜어
프라이팬에 놓고 얇게 펼친 후, 가장자리부터 기포가 보글보글 올
라와 긴 나무 꼬챙이를 손에 들었다. 올렉이 말했다.

  "가장자리부터 천천히 프라이팬에서 떼어내세요. 버터도 적당
히 넣어주고요."

  마슬레니차의 어원이 버터를 의미하는 마슬로Масло에서 온 만
큼 블린니에는 버터가 듬뿍 들어간다. 얇게 잘 구워진 블린니를 접
시에 담고, 그 위에 작은 버터 한 조각을 반복하여 쌓았다. 온기가

있는 블린니는 서로 붙어버릴 수 있으니까. 따뜻한 태양을 닮은 동그란 블린니가 향기로운 봄 인사를 건네었다. 따뜻한 블린니를 입에 넣으며 언제 끝나나 싶던 긴 겨울과 작별 인사를 나누었다.

"잘 가, 나의 겨울. 다음엔 더 친하게 지내자!"

작고
고운
모래처럼

튀르키예에 대한 첫인상은 좋지 않았다. 처음 만난 튀르키예인
은 일본의 셰어하우스 1층에 한 달간 머물던 남자였는데, 함께 지
켜야 할 공동규칙(냉장고의 다른 사람 식품 먹지 않기, 그릇 함부
로 사용하지 않기 등)을 무시하기 일쑤였다. 물론 내가 만난 그 사
람이 튀르키예를 대표하는 건 아니지만, 그에 대한 기억 때문인지

방문이 망설여지는 나라였다.

　모스크바에 살면서 튀르키예는 좀 더 가까운 나라가 됐다. 내가 만난 대부분의 러시아인은 튀르키예를 좋아했고, 그중에서도 특별히 좋아하는 지역은 안탈리아였다. 내게 러시아어를 알려주던 과외 선생님 알리나는 일 년에 한두 달을 튀르키예에서 지내더니, 결국 안탈리아로 이주했다. 그녀가 보여준 사진 속 튀르키예의 모습은 눈이 시리도록 푸른 에메랄드빛의 지중해를 끼고 있었다. 모스크바와 시차가 같고, 비행기로 3시간 반 거리에 있어 가까울 뿐만 아니라 따뜻하고 햇살이 많은 튀르키예는 러시아인에게 최고의 휴양지였다. 눈이 내리는 겨울의 주말, 모스크바 시내에서 안나를 만났다

　"오늘은 튀르키예 커피를 마시러 가자."

　안나는 나를 유명한 튀르키예 식당으로 이끌었다. 튀르키예식 런치세트를 주문하자, 한국의 칠첩반상처럼 작은 접시에 고루 담긴 올리브, 치즈, 과일 등과 함께 빵이 준비됐다. 내 눈을 한 번에 사로잡은 건 튀르키예식 커피였다. 동그란 트레이에 화려한 문양의 작은 잔, 이브릭 또는 제즈베라 불리는 동으로 만든 작은 주전

자, 물 한 컵이 함께 나왔다.

"이 주전자가 튀르키예식 커피를 만드는 데 사용되는 거구나."

집주인이 두고 간 주전자의 정체가 드디어 밝혀졌다. 모래처럼
고운 커피 가루가 잔뜩 아래 깔린 주전자를 조심스레 들어 잔에 커
피를 부었다. 튀르키예식 커피 문화는 세계 무형문화 유산으로도
등재되었단다. 뚜껑이 없는 작은 주전자에 고운 커피 가루를 넣고
물을 붓고 약한 불에서 지그시 끓였다. 그래서인지 진하고 묵직한
맛이 느껴졌다. 안나가 이 커피는 원래 300도 이상으로 달군 모래
위에서 끓이는 거라고 말했다. 뜨거운 모래 위에서 끓인 커피에서
모래처럼 고운 커피 가루가 느껴졌다. 발도 몸도 꽁꽁 싸맨 겨울의
모스크바, 튀르키예 식당에 앉아 커피를 마시며 오래전 베트남 사
막에서 손과 발 사이를 통과하던 작고 고운 모래들을 떠올렸다. 기
회가 된다면 튀르키예의 안탈리아에 가보고 싶다. 직접 경험해 본
다면 튀르키예의 인상 역시 달라지겠지.

비 오는
도시

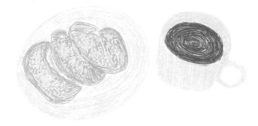

러시아의 옛 수도 상트페테르부르크는 모스크바에서 급행 기차, 삽산을 타고 3시간 반을 달리면 도착하는 아름다운 도시다. 유럽과 가까워서인지 상트페테르부르크는 유럽의 소도시처럼 아기자기한 멋이 있다. 그러나 상트페테르부르크도 급격한 기후변화를 피하지는 못했다. 부모님과 함께 방문했을 때도 종일 싸늘한 날

씨에 바람이 불고 비가 내렸다. 나는 부모님께 말했다.

"아무래도 우리 패딩을 사야 할 거 같아요."

다행히 가까운 쇼핑몰에서 할인 판매 중이던 경량 패딩을 발견했다. 엄마와 나는 조끼와 잠바를 하나씩, 그치지 않는 비에 운동화를 버린 아빠는 새 신발 한 켤레를 골라 신었다.

비 오는 날의 상트페테르부르크는 프랑스 파리 같았고, 맑고 화창한 날은 네덜란드 암스테르담을 닮았다. 중심이 되는 넵스키도로와 모이카강과 폰탄가강 그 위를 지나는 운하를 볼 수 있어서 그런 느낌이 들었을까. 수업 시간에 들었던 상트페테르부르크의 이야기는 꽤 흥미로웠다. 표트르 대제의 계획에 따라 만들어진 이 도시는 원래 네바강 하류와 발트해가 만나는 늪지였다고 한다. 그는 늪지 위에 인공도시를 세워 유럽을 향한 전초기지이자 유럽을 닮은 도시를 만들었다. 그래서 여름을 제외하고는 안개가 잦고 습도가 높다. 소비에트 정부가 수도를 모스크바로 옮기면서 이 도시는 페트로그라드로 불리다가 레닌이 세상을 떠난 후엔 레닌그라드로, 또 러시아 연방이 되면서 다시 상트페테르부르크라는 이름으로 불리게 되었다. 모스크바의 기차역 중에 레닌그라드역이 있는

데, 이 역에서는 과거의 레닌그라드였던 상트페테르부르크로 가는 기차를 탈 수 있다.

상트페레트부르크에는 세계에서 유명한 에르미타주 미술관이 있다. 에르미타주 미술관에 있는 작품들은 개인의 수집품으로 이루어져 있다. 유서 깊은 미술관이 있고, 러시아의 대문호 도스토옙스키가 사랑했으며, 푸시킨의 단골 카페가 있는 이 도시는 전체가 유네스코 문화유산에 등재되었을 정도로 꼭 한 번 와볼 만한 곳이다.

우산을 쓰고 비바람을 뚫고 숙소로 돌아가는 길, 오들오들 떨었던 시간이 길어서였는지 우리는 왠지 출출해졌다. 급하게 지도를 검색해 음식점으로 발길을 돌렸다. 근처에 도착해 고개를 두리번거리다 줄을 서 있는 사람들 덕분에 금세 가게를 찾았다. 상트페테르부르크에서 맛보는 러시아식 도넛, 삐쉬끼Пышки. 사람이 아주 많지 않아서 갓 만들어진 따끈한 삐쉬끼를 받았다. 엄마, 아빠와 함께 안쪽에 있던 스탠딩 테이블에 서서 슈가파우더가 뿌려진 도넛을 먹었다. 부모님이 말했다.

"한국의 꽈배기가 생각난다."
"달콤하고 맛있네."

부모님의 환한 표정을 보니 마음이 놓였다. 이번 여행의 가이드가 된 나는 쫀득한 도넛과 커피를 마시면서 마음속으로 다음 일정을 그리며 한숨을 돌렸다.

Pyshechnaya

Bolshaya Konyushennaya St, 25, St Petersburg, Russia

작은
환대

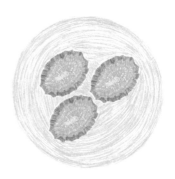

러시아 상트페테르부르크에서 핀란드 헬싱키로 가는 기차를 탔다. 국경 근처에서 멈춘 기차에 입국 심사원들이 올라타더니 승객들의 여권을 검사했다. 기차 내 입국 절차는 처음이었는데, 부모님과 나의 여권에 처음으로 비행기가 아닌 기차 모양의 스탬프가 찍혔다.

"기차로 국경을 통과해서 기차 스탬프인가 봐요."

"신기하다. 비행기보다 편하네."

비행기였다면 서서 입국심사를 받아야 했지만, 우리는 편안히 앉아서 검사원들을 기다렸다. 검사원들은 질문 몇 가지를 한 후, 입국 날짜가 적힌 스탬프를 찍어주었다. 헬싱키 중앙역에 도착하여 숙소 주인에게 연락을 하고 트램을 탔다. 도시를 가르는 트램에서 만난 헬싱키 거리는 깨끗하고 아름다웠다. 결혼한 딸이 잘 지내는지 궁금했던 부모님은 내가 사는 모스크바에 와서 지내다가 함께 상트페테르부르크, 헬싱키 여행을 했다. 트램의 종점에 내려 찾은 숙소 앞에서는 스웨덴으로 향하는 선착장이 있는 바다를 한눈에 볼 수 있었다. 건물 주변을 구경하고 있는데, 동그란 안경을 낀 희끗희끗한 머리칼의 할머니가 다가왔다.

"안녕. 반가워. 잘 찾아왔구나."

집주인 할머니는 바로 옆집에 살고 있었다. 사진보다 더 인상이 좋은 미소의 그녀는 웃으며 언제든 필요하거나, 어려운 게 있으면 연락하라고 했다. 후기와 평점에 칭찬이 가득하던 슈퍼호스트의 위엄이 느껴졌다. 3박 4일간 머물게 될 헬싱키의 우리 집 안으로 들어가보니 아기자기한 부엌, 통유리 너머로 보이는 바다, 깔끔한 침구 그리고 화장실 안쪽에 있던 건식 사우나까지 모든 게 완벽했다.

엄마와 함께 부엌을 살펴보다가 냉장고에 붙어 있는 사진과 메모 한 장을 발견했다. 집주인 할머니가 우리를 위해 웰컴 푸드를 준비했다는 것이었다. 웰컴 푸드는 핀란드의 국민 빵이라 불리는 카랄리안피라카karjalanpiirakka, 카렐리안 파이였다. 냉장고에서 빵을 꺼냈다. 마치 전복과 흡사한 모양으로 겉껍질은 조금 딱딱했고, 전복의 속살처럼 보이는 안쪽은 폭신했다. 그녀가 남긴 메모 대로 약간의 버터를 올린 후 전자레인지에 살짝 돌렸다. 버터가 사르르 녹으면서 겉을 감싸던 빵도 조금 말랑해졌다. 부모님과 하나씩 나눠 먹는데, 쫄깃함이 한국의 떡과 흡사했다. 새로운 나라에 도착하자마자 받은 작은 환대, 우리는 그때부터 핀란드 헬싱키가 마음에 쏙 들었다.

봄과
같은
점심 식사

아빠는 헬싱키를 좋아했다. 깨끗하고 편리한 도시 그리고 하루의 시작과 끝, 집에서 즐기는 건식 사우나까지 아빠의 마음에 쏙 들었다. 아빠는 계속 집에만 있어도 좋다고 했지만, 엄마와 나는 꼭 가보고 싶은 데가 있었다. 핀란드 브랜드 '마리메꼬'^{Marimekko} 본사와 아울렛이다. 아빠에게 새로운 세계를 보여줘야지. 이번 여행

의 가이드는 나다.

"아빠, 솔직히 말하면 오늘 일정은 아빠가 재미없을 수도 있어요."
"그럼 난 집에 있을까?"
"그렇지만 헬싱키에만 있고, 여기에서만 해볼 수 있는 체험이에요."
"좋아. 가이드만 따라갈게."

시내에서 지하철로 20분, 역에서 나와 지도를 열어 다시 십여 분을 걸었다. 한적한 마을을 걷다 보니 밝은 회색 건물이 나왔다. 마리메꼬 본사였다. 이곳엔 아울렛과 함께 '마리토리'Maritori라는 사내 식당이 있다. 마리메꼬 직원을 위한 곳이지만, 일반인도 이용할 수 있고 뷔페식의 자유로운 식사가 가능하다. 모든 식기가 마리메꼬 제품으로 준비된 식당, 엄마와 나는 예쁜 그릇들에 눈이 휘둥그레졌다.

"그릇이 너무 예쁘다."
"엄마, 이 그릇 꽤 비싼데, 여기선 사지 않아도 원하는 그릇에 마음껏 먹을 수 있어요."

트레이에 접시를 올리고 정갈하게 준비된 음식들을 골고루 담았다. 밝고 따뜻한 색깔의 꽃, 반복되는 경쾌한 물방울이 그려진 접시에 담긴 요리를 보니 맛보기 전부터 기분이 좋아졌다. 다양한 종류를 원하는 대로 담을 수 있어서인지 아빠도 즐거워 보였다. 수프와 빵, 샐러드, 햄버그스테이크를 듬뿍 담았다. 우리는 디저트와 함께 커피도 두 잔이나 마셨다.

여행을 시작하기 전에는 걱정이 많았다. 아빠, 엄마, 나 셋이 떠난 여행은 처음이었기 때문이다. 하지만 부모님은 전적으로 내가 계획한 일정에 따라주셨다. 느긋하게 원하는 데서 먹고, 쉬고, 여유로울 수 있어 좋다고 행복해하는 부모님을 보니 나도 즐거웠다. 봄을 닮은 접시에 담긴 음식을 맛보며, 우리의 마음에도 봄이 찾아왔다. 창밖으로 비친 따뜻한 햇살은 아빠의 몸과 마음을 사르르 녹였고, 아빠의 카드로 엄마와 나는 새 원피스를 한 벌씩 샀다. 나와 동생들의 앞치마도 한 벌씩 샀다. 다시 여름이 오면 아빠가 사준 물방울 원피스를 입고 또 한 번 그곳에 가고 싶다.

Ravintola Maritori

http://www.maritori.com
Puusepänkatu 4, 00880 Helsinki, 핀란드

행복의
비밀을 아는
파이

결혼 일주년을 맞은 여름, 남편이 말했다.

"휴가를 받았어. 우리 어디든 다녀오자!"

"휴가 끝나고 긴 출장을 떠나려면 피곤할 텐데, 괜찮겠어?"

"이런 기회가 또 없지. 가고 싶은 나라는 없어?"

쉽게 얻기 힘든 그의 휴가였다. 결혼 전에는 출장이 거의 없었던 그는 결혼 후 해외출장을 자주 갔다. 새로 맡은 업무라서 어쩔 수 없었지만, 신혼부부에게는 달갑지 않은 일이었다. 그런 와중에 함께 보낼 수 있는 여름휴가라니, 그의 말처럼 이런 기회는 흔치 않았다. 여행지는 둘 다 가보지 않은 나라, 덴마크의 코펜하겐으로 정했다.

7월의 코펜하겐은 적당히 뜨거웠다. 여름에 결혼한 우리는 신혼여행에서 입었던 셔츠와 원피스를 다시 꺼내 입고 숙소 밖으로 나왔다. 아기자기한 골목을 걸으며, 예쁜 소품과 조명이 있는 가게들을 그냥 지나칠 수 없었다. 모스크바처럼 겨울의 햇빛이 귀한 북유럽에서도 여름은 광합성을 마음껏 할 수 있는 귀한 계절이었다. 테라스가 있는 카페에는 사람들이 도란도란 모여 앉아 있었다. 우리는 그들처럼 공원 벤치에 앉아 햄버거를 먹으며, 불어오는 선선한 바람을 느꼈다. 최초의 놀이공원 티볼리에서 놀이기구도 타고, 기차를 타고 외곽에 있는 루이지애나 미술관도 다녀오니 3박 4일의 시간이 금세 흘렀다. 여행의 마지막 날, 코펜하겐 시내의 작은 파이 집을 찾았다. 미리 조사를 끝낸 나는 남편에게 말했다.

"현지인들 사이 꽤 유명한 집이래."

"신기한 파이들이 많다."

"미국식 파이야. 사장이 미국인인데, 덴마크 남자랑 결혼하고 여기 살면서 만들기 시작했대."

가게에서 판매하는 요리책에는 그가 파이를 만들게 된 이야기가 담겨 있었다. 사랑하는 이를 만나 정든 고향을 떠나온 그는 엄마의 파이가 그리워서 직접 파이를 만들기 시작했다고 한다. 러시아에 살게 되면서 한국의 빵이 그리워서 베이킹을 시작한 나와 비슷했다. 진열장에는 달콤한 커스터드 크림의 파이, 싱싱한 과일을 올린 타르트, 고기와 채소가 들어 있는 파이도 있었다. 우리는 시즌 한정 메뉴로 두 조각을 골랐다. 감자와 채소가 들어간 파이와 레몬 크림 파이였다. 포크로 콕 찍어 맛을 본 순간 서로 눈이 휘둥그레졌다.

"세상에 이런 맛이!"

"와. 이건 진짜 행복한 맛이야."

덴마크의 서점에서 읽은 책에 적혀 있던 '휘게'Hygge와 관련된 문구가 떠올랐다. 덴마크인들의 삶의 방식 휘게. 그들이 말하는 행복의 비밀은 "지금, 이 순간 따뜻하고 편안한 곳에서 달콤한 것을 소중한 이와 함께하는 것"이다. 소중한 그와 함께 따뜻한 오후, 달콤한 파이를 맛보며 나는 그들이 숨겨둔 행복의 비밀을 찾았다.

The American Pie Company

http://www.theamericanpieco.com
Skindergade 25, 1159 København, 덴마크

아무 데서나
최고의
핫도그

덴마크 여행 전에 넷플릭스를 검색해 보았었다. 'Copenhagen' 이라는 검색어로 그 도시에 대한 다큐멘터리, 영화가 있는지 찾다가 〈필이 좋은 여행, 한 입만! : Somebody Feed Phil〉을 알게 되었다. 미국의 TV 작가 겸 프로듀서인 필립 로즌솔이 여러 도시를 방문하여 음식을 맛보고, 사람들의 이야기를 듣는 여행·음식 다큐멘

터리였다. 요리사가 아닌 그가 하는 맛에 대한 표현과 실감 나는
표정은 보는 사람을 유쾌하게 만들었다. 서울 편도 있을 정도로 인
기 있는 영상 중 시즌 2에서 코펜하겐을 발견했다. 그는 진지한 표
정으로 말했다.

"아무 데서나 핫도그를 사도 세상 최고의 핫도그를 맛볼 수 있을
거예요."

밤마다 핫도그를 7개씩이나 먹는다는 필립 아저씨만큼은 아니
지만, 이케아에 가면 마지막 코스는 늘 핫도그로 마무리할 정도로
남편도 나도 핫도그를 좋아한다. 그의 강력한 추천의 말을 남편에
게 전하며 이번 여행에서는 핫도그를 꼭 먹어야 한다고 신신당부
했다.

덴마크 코펜하겐은 매력이 넘치는 도시였다. 차선 옆에 나란히
있는 자전거 도로에는 홀로 자전거를 타고 달리는 사람들뿐만 아
니라 손수레가 붙은 자전거에 올라탄 아이들도 있었다. 자전거를
타고 가며 자연스레 손을 들어 뒷사람에게 우회전, 좌회전을 표시
하는 것도 인상적이었다. 최초의 놀이공원 티볼리는 동화 속의 장
면처럼 아기자기했다. 한국의 명동처럼 상점들이 모인 스트뢰이

어트 거리에서는 가보고 싶던 그릇 브랜드 매장에서 세일 중인 파스타 그릇 2개도 샀다. 슬슬 배가 고팠다. 남편이 잊지 않고 내게 말했다.

"이제 핫도그를 먹으러 갈까?"
"이 근처에 필립 아저씨가 먹은 'DØP' 핫도그가 있어!"

우리는 거리에 있는 푸드트럭 "DØP"을 찾았다. 가장 기본인 구운 핫도그를 주문했다. 영상에서 본 것처럼 빵 사이에 긴 소시지와 함께 양옆으로 노란 머스타드 소스 한 줄, 양파와 피클이 들어간 덴마크식 레물라드 소스를 한 줄 뿌린 뒤, 케첩도 한 줄 뿌리고, 튀긴 양파 조각을 듬뿍 얹고, 잘게 썰린 양파와 오이 피클을 얹었다. 필립 아저씨가 덴마크 정원이라고 표현한 핫도그를 받아 크게 한 입 물었다. 소시지와 빵, 튀긴 양파의 조합에 더한 색다른 세 가지 소스의 맛이라니! 핫도그를 먹으며, 입안에서 천천히 덴마크의 정원을 거닐었다.

DØP
http://www.xn--dp-lka.dk/en/

잊지 못할
애플파이

　누군가 나에게 한번 살아보고 싶은 도시를 물어본다면 주저 없이 네덜란드 암스테르담이라고 하겠다고, 암스테르담에 도착한 첫날 마음을 정했다. 자전거, 운하, 튤립, 미피, 반 고흐 등 이 도시엔 내가 좋아하는 것들이 가득했다. 화창한 여름 날씨와 숙박한 호텔 직원의 친절한 응대에 여행의 즐거움이 배가 되었다.

유유히 강변을 가르는 운하를 보며 생각에 잠겼고, 싱겔 꽃시장의 다양한 튤립 구근을 보며, 봄이 되면 정원에서 피어날 각양각색의 튤립들을 상상했다. 사전에 예약한 반 고흐 미술관에서 한참을 구경하다 보니, 식사 때를 놓쳐 애매한 시간이 되었다. 걷다가 마음에 드는 카페가 있으면 들어가보자고 나선 거리는 햇살도 바람도 좋았다. 안네 프랑크 하우스가 있는 요르단 지구는 암스테르담에서 유독 예쁜 골목과 가게들이 많았다. 홀로 하는 여행의 장점은 언제든 마음이 이끄는 대로 머물고, 구경하며 떠날 수 있다는 것. 누군가의 동의를 받지 않아도 자유로운 시간을 보낼 수 있다는 것이다.

자유롭게 거리를 걷다가 카페 "Winkel 43"을 발견했다. 바깥 테이블에 앉은 이들이 너도나도 먹던 파이와 커피가 맛있어 보여서 안으로 들어갔더니 딱 한 자리가 비어 있었다. 자리에 앉아서 구글맵을 확인하니 이 카페의 인기 메뉴는 애플파이였다. 사진으로만 봐도 먹음직스러운 휘핑크림을 올린 애플파이와 따뜻한 커피를 주문했다. 쿠키처럼 조금 단단한 빵 사이에 커다란 사과 조각들이 보였다. 평소에는 잘 먹지 않는 휘핑크림이지만, 여행지에선 나에게 좀 더 너그러워진다. 휘핑크림을 듬뿍 올려 포크로 도톰한 파이를 잘라 먹으니 사과 조각들이 서걱서걱 씹혔다. 시나몬과 적절하

게 절인 살짝 익은 사과가 달큰했다. '맛있잖아.' 암스테르담을 사
랑할 수 밖에 없는 이유가 하나 더 생기고 말았다.

Winkel 43

https://winkel43.nl/
Noordermarkt 43, 1015 NA Amsterdam,

말랑말랑한
마음

책《안네의 일기》를 읽은 건 중학교 때였다. 내 또래였던 그녀는
자신의 친한 친구에게 이야기하듯 일기장 '키티'에 자신의 하루를
기록했다. 실제 일어났던 일이라고는 믿어지지 않는 소설 같은 삶
을 살아낸 책 속의 소녀를 직접 만난 건 그로부터 이십 년이 훌쩍
지나서다.

네덜란드 암스테르담엔 안네 프랑크의 집이 있다. 실제로 그녀와 그녀의 가족이 나치의 감시를 피해 은둔 생활을 했던 곳이다. 다행히 당일에 취소표가 나와 방문할 수 있었다. 안내를 따라 천천히 들어가니 입구에 익숙한 흑백사진이 보였다. 안네 프랑크였다. 그녀는 오래전 내가 만났던 책 속의 모습 그대로였다. 만약 그녀가 살아 있다면, 몇 해 전 돌아가신 외할아버지와 같은 연배였을 텐데….

좁은 계단을 올라 마주한 공간 곳곳에 안네와 가족들의 사진, 그녀의 일기 속 문구가 적혀 있었다. 오래전 그녀가 남긴 흔적을 살펴보니 기분이 묘했다. 자신의 침실에 좋아하는 포스터와 엽서를 붙인 그녀는 보통의 10대 청소년이었다. 유일하게 남아 있는 그녀의 영상을 보았는데, 1941년 7월 22일 이웃의 결혼식에 우연히 찍힌 모습이었다. 짧은 영상 안에서 그녀는 살아서 움직이고 있었다. 저널리스트, 작가가 되고 싶었다는 소녀는 자신의 남긴 기록이 전 세계 사람들에게 전해지고 여러 사람의 마음을 움직이고 있다는 걸 상상이나 했을까. 사람들을 따라 자연스레 1층으로 걸음을 옮겼다. 그녀를 추모하는 영상 가운데 배우 엠마 톰슨의 인터뷰가 흘러나왔다. 그중 한 대목이 나의 마음을 울렸다.

"All her would-haves are our opportunities."

지금 내가 누리는 모든 것들은 그녀가 그토록 원하던 것이었다. 이 작은 공간에 숨어 지냈던 안네는 자유롭게 여행하고, 마음껏 책을 읽으며, 친구들을 만나는 평범한 일상을 간절히 바랐다. 1층 서점에서 한글 완역본 《안네 프랑크의 일기》를 발견하고 구입했다.

숙소로 돌아오는 길 슈퍼마켓에서 스트룹와플을 샀다. 네덜란드의 국민 간식이라 불리는 이 과자는 격자무늬의 바삭하고 얇은 와플 사이에 달콤한 시럽이 발라져 있다. 머그잔 위에 뚜껑처럼 덮을 수 있는 크기로 골랐다. 따뜻한 홍차나 커피가 담긴 컵 위에 딱딱한 스트룹와플을 얹으면, 시럽이 조금씩 녹으면서 말랑말랑해진다. 오늘 밤엔 이제 나보다 나이가 어린, 책 속의 안네를 만나야지. 책이 구겨지지 않도록 조심스레 스트룹와플을 가방에 넣었다. 더 이상 그녀를 기다리게 하고 싶지 않아서, 다시 그녀의 이야기에 마음을 열고 싶은 마음에 숙소로 향하는 걸음을 서둘렀다.

밤의
밀크티

베를린에 친구가 있다. 러시아어학교에서 같은 반이었던 대만 친구 몽한은 이곳에서 유학 중이었다. 당시 그는 러시아어를 배우면서 대학원 진학을 위하여 독일어도 배우고 있었다. 나는 그에게 묻곤 했다.

"몽한, 러시아어와 독일어가 헷갈리지는 않아?"

"요즘 독일어 학원에선 러시아어를 말하고, 여기선 독일어가 튀어나와."

그의 대답에 우리는 함께 웃었다. 몽한은 일 년간의 러시아 모스크바 유학 생활 동안 경험하고 싶은 게 많다고 했다. 이런 그의 열정 덕분에 나 또한 공원에서 탈 수 있는 겨울의 스케이트, 시내의 국립 도서관, 모스크바 국립대학교의 도서관도 가보게 되었다. 겨울이 다가오자 스케이트를 구입하여 기숙사 옆 호수에서 무료로 스케이트를 타며 좋아하던 그의 표정을 잊을 수 없다. 심지어 제대로 얼지 않은 호수에서 스케이트를 타다가 빠졌을 때 어떻게 나오면 되는지 영상을 찾아서 보여주기도 했다. 그의 표정은 진지했다.

"절대 허우적거리면 안 돼. 그럼 더 가라앉거든."

그는 빠질 경우를 대비해 필요한 장비도 구입했다는 말을 덧붙이며 자랑했다. 유쾌하고 웃음이 많은 몽한과 함께 러시아어를 공부하는 시간이 즐거웠다. 모스크바에서 지내면서 인간관계로 마음이 닫히는 일을 겪었다. 함께 웃을 수 있는 친구가 그리웠던 나는 여행 중 베를린을 들르게 되면서 그에게 연락을 했다.

"우리 당장 만나!"

한걸음에 달려온 몽한의 얼굴을 보자 러시아어를 배우며 함께
했던 시간이 떠올랐다. 그간 있었던 일을 이야기하지는 않았지만,
그를 보는 것만으로도 한동안 차가웠던 마음이 사르르 녹아내렸
다. 우리는 한국 식당에서 삼겹살과 순두부찌개를 먹었다. 음식을
다 먹은 뒤 몽한은 이제 자신이 찾은 베를린의 명소를 알려주겠다
고 했다. 본인의 고향의 맛을 가장 잘 표현한 곳이라며 "Come
Buy"라는 밀크티 전문점으로 안내했다. 우리는 쫀득한 타피오카
를 잔뜩 넣은 진한 밀크티 두 잔을 주문했다. 그리고 밤의 베를린
거리를 걸었다. 적당히 습하고, 적당히 선선한 밤공기를 마시며 웃
고 떠들었다. 베를린이란 도시에서, 나의 고국 한국과 그의 나라
대만을 다녀온 날. 친구와의 만남에 그동안 구겨져 있던 내 마음이
조금씩 펴지고 있었다.

COME BUY Berlin Flagshipstore Mitte

http://www.comebuy2002.de
Oranienburger Straße 83, 10178 Berlin

네가
좋으면
나도 좋아

독일 베를린 〈베이글〉

"언니, 잘 먹을게요. 제가 베이글을 정말 좋아하거든요."

이웃사촌인 D에게 직접 만든 베이글을 전해주었다. 한국에서
먹던 빵 맛이 그리워진 나는 모스크바에서 처음으로 베이킹을 시
작했다. 유튜브의 도움을 받으면 그리운 고국의 빵은 거의 다 만들

수 있다. 단팥빵을 만드는 독일 언니, 꽈배기를 튀기는 미국 언니가 친절한 선생님이 되어주었다.

베이글은 숙성과 발효를 몇 차례 거친 뒤, 뜨거운 물에 한 번 데쳐 오븐에서 구워야 해서 손이 많이 가지만, 만들고 나면 그만큼 뿌듯한 빵이다. 작은 도넛처럼 동그랗게 말아둔 반죽이 도톰하게 부풀어 베이글의 형태가 되어가고, 오븐에서 예쁜 색을 덧입으며 구워지는 기쁨이 있다. 한 번 만들 때 여러 개 만들어서 냉동실에 보관했다가 아침마다 해동하여 크림치즈와 함께 먹으면 든든했다.

"직접 만들었지만, 맛이 나쁘지 않지?"
"완전 맛있는데요!"

베이글을 좋아하는 D와 주말에 2박 3일 베를린 여행을 했다. 나는 네덜란드 여행을 마치고 베를린으로 왔고, 하루 뒤 그녀가 베를린에 도착했다. 우리의 인연은 두 달간 알파벳을 배웠던 서울의 작은 러시아어 학원에서 시작되었는데, 그 후 둘 다 러시아 모스크바, 심지어 같은 아파트 단지에 살고 있다. 돌이 지난 아이를 돌보는 그녀 집에 종종 들러 수다를 떨고, 공원 산책을 하며 꿈꿔오던 여행이 현실이 되었다. 우리는 8월의 무더웠던 날씨에도 아랑곳하지 않고 걷고 또 걸었다. 다지 오지 않을 휴가를 얻은 이들처럼 아침부터 밤까지 쉬지 않은 탓에 둘 다 발가락에 물집이 생겼다. D는 말했다.

"언니, 너무 좋아요. 아기 낳고 처음이에요."
"네가 좋아하니까 나도 좋다. 우리 내일 아침은 베이글 먹으러 가자!"

다음 날 아침, 근처에 있는 유명한 베이글 카페를 찾았다. 검은 깨가 송송 박힌 베이글과 신선한 과일이 듬뿍 들어 있는 요거트, 그래놀라를 주문했다. 가게 로고가 그려진 동그란 스티커도 둘이 하나씩 나눠 가졌다. 빈 잔에 무심하게 꽂힌 장미 세 송이가 새삼 더 예뻐 보였고, 각자 자리에서 책을 읽으며 베이글을 먹는 사람들은 하나같이 왜 이리 멋스러워 보이는지. 우리 같이 베를린에 오길 참 잘했다. 그렇지?

What do you fancy love?

http://www.whatdoyoufancylove.de/
Knesebeckstr. 68/69 10623 Berlin

러시아의
꿀케이크

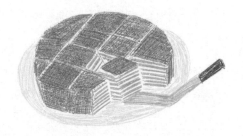

"혹시 먹고 싶은 거 있어? 이번에 한국 들어갈 때 가져갈게."

"언니, 메도빅이요."

　러시아어학교에서 함께 공부했던 유학생 완을 위해 슈퍼마켓에서 메도빅을 샀다. 러시아의 전통 디저트, 메도빅은 꿀이 들어간

케이크이다. 러시아에서 마트료시카만큼 유명한 게 있다면 바로 꿀이다. 매해 모스크바 동남쪽 깔라멘스꼬에 공원에서는 대규모의 꿀 시장이 열린다. 그곳에선 친숙한 아카시아꿀부터 밤꿀, 야생화꿀, 메밀 꿀 등 러시아 전 지역에서 채집한 다양한 색과 질감의 꿀을 만날 수 있다. 작은 스푼으로 다양한 꿀을 맛볼 수도 있다. 꿀에 대한 러시아인의 사랑과 자부심은 남다르다. 꿀은 맥주 메도부하와 디저트 메도빅으로도 일년 내내 만날 수 있다. 처음 러시아에 왔을 때 남편이 추천한 디저트도 바로 메도빅이었다.

"오래된 러시아의 디저트야. 이건 꼭 먹어봐야 해."
"시루떡처럼 생겼는데? 인절미의 콩가루가 잔뜩 뿌려져 있는 것 같아."

한국의 시루떡을 닮은 작고 네모난 조각 케이크 메도빅은 화려한 색과 모양을 뽐내는 러시아의 다른 케이크에 비해 화려하지 않고 단조로워서 더 눈에 띄었다. 꿀이라는 뜻을 가진 '묘드'мёд에서 비롯된 이름 메도빅. 꿀케이크라는 이름에서 어떤 맛이 날까 궁금했다. 러시아의 전통차 이반차이와 함께 주문한 메도빅 한 조각이 나왔다. 메도빅의 속은 겹겹이 빵과 꿀을 바른 크림이 층을 이룬다. 포크로 쓱 부드럽게 덜어 입에 넣었다. 위에 뿌려졌던 보슬보슬한 가루는 생각보다 달지 않았다. 촉촉하게 숙성된 크림은 얇은 빵 시트와 조화롭게 어울렸는데, 꿀 때문인지 더 촉촉하게 느껴졌다. '꿀이니까, 괜찮아.' 마음의 죄책감을 덜어낸 건강한 디저트를 맛보았다. 남편은 '메도빅을 한 번도 먹어보지 못한 사람은 있어도, 한 번만 먹은 사람은 없다.'라고 했다. 한국에도 유명하고 맛있는 디저트가 넘치지만, 유학 시절 먹었던 메도빅의 맛을 그리워하는 완의 심정을 충분히 이해할 수 있었다.

"여기 주문한 메도빅이랑 초콜릿이야."
"언니, 고마워요. 슈퍼마켓에서 파는 것도 맛있더라고요."

출국 전날 모스크바의 슈퍼마켓에서 산 메도빅은 한국까지 비행기로 8시간 반, 해외입국자 자가격리 14일을 지나 보름 만에 주인을 찾았다. 11월 초, 눈이 내리기 시작한 겨울의 모스크바에서 아직 울긋불긋한 단풍이 있는 한국의 늦가을로 계절을 거슬러 온 메도빅이 완에게 모스크바의 따뜻하고 행복한 추억을 선물해 주면 좋겠다.

로마의
군밤

로마의 거리에서 군밤을 만날 줄은 몰랐다. 심지어 한국에서 먹던 것보다 알맹이가 굵고 꽉 찬 알밤이라니! 로마에 도착한 첫날부터 이 도시와 사랑에 빠졌다.

"세상에! 겨울에 군밤을 먹다니."

"당신이 먹고 싶다고 노래 부르던 밤이 여기 있었네."

해외에 살면서 일 년에 한두 번 먹을까 말까 했던 맛들이 그리울 때가 있다. 해가 짧아진 겨울의 긴 밤을 보내며 그리운 건 김이 모락모락 나는 팥이 든 호빵, 눈 오는 날 길가에서 팔던 군고구마, 군밤이 자주 생각났다. 러시아어학교에서 만난 중국인 친구 샨유가 말했다.

"가끔 시내의 큰 슈퍼에 있어! 근데 중국처럼 알이 굵진 않더라."

겨울 내내 고향에서 먹던 밤을 그리워하던 우리는 한동안 밤을 찾아 모스크바 슈퍼 나들이에 나섰다. 가을이면 길가에 떨어진 도토리 열매를 보며 밤을 떠올렸다. 그러던 어느 날, 영화 〈리틀 포레스트〉에 나온 '보늬 밤 조림'을 보고 난 뒤 밤에 대한 갈망이 점점 깊어졌다. 나의 오랜 바람이 하늘까지 닿은 걸까. 이탈리아 로마에 도착한 첫날 밤, 그토록 찾던 군밤을 만나게 되었다.

로마 거리에서 만난 군밤의 규모는 엄청났다. 이제껏 보지 못한 큰 철판에서 노릇노릇 구워지는 밤들, 주인 아저씨는 밤톨마다 정성스레 칼자국을 낸 뒤, 불판에 구웠다. 딱딱한 껍질이 살짝 열리고 온기를 뿜어내는 군밤들은 불판 옆에 있는 철판에 줄지어 나란히 놓였다. 마치 빵집에서 노란 계란 샐러드로 속을 채운 모닝빵 샌드위치가 먹음직스레 진열되듯, 열을 맞춘 따끈한 군밤이 나란히 나를 기다리고 있었다. 빠른 손으로 군밤을 포장하는 아저씨에게 조심스레 물었다.

"괜찮다면, 사진을 찍어도 될까요?"

그는 봉투를 들고 환하게 웃었다. 5유로에 12알, 종이로 만든 고깔에 든 군밤을 받아들었다. 내피가 하나도 붙어 있지 않은 채 깔끔하게 떨어지는 군밤 알맹이를 보며 남편과 감탄을 금치 못했다.

"세상에, 썩은 것이 하나도 없잖아. 이렇게 따끈한 군밤이라니!"

겨울의 로마는 군밤 맛집이었다. 따스한 햇볕을 마음껏 쬐며 1일 1군밤이 가능한 겨울을 나는 이탈리아인들이 부러웠던 여행의 첫날밤이었다.

커피
꽃이
피었습니다

로마에 도착한 다음 날, 남편과 함께 바티칸 투어를 신청했다. 서울의 여의도 면적 1/6로 실제 인구는 500명 안팎에 불과한 독립국, 바티칸 시국은 세계에서 가장 작은 나라로 불린다. 방문을 앞두고 넷플릭스로 영화 〈두 교황〉을 봤다. 영화는 한국에서도 유명한 프란체스코 교황과 그 직전에 자진 사임한 베네딕토 16세 교황

의 이야기를 다루고 있다. 실제 모델과 흡사한 배우의 열연도 인상적이었지만, 출신지와 성향이 다른 두 사람이 서로를 이해하고 존중하며 받아들이는 과정이 마음에 큰 울림을 주었다.

동이 트는 새벽, 바티칸의 문이 열리기를 기다리는 사람들이 만든 긴 줄이 성벽을 둘러쌓았다. 가이드를 따라 걸음을 내딛는 바티칸 투어의 시작, 작은 나라 안에 들어서자 다양한 언어가 들렸다. 어렸을 때 미술책에서 본 라파엘로의 아테네 학당, 미켈란젤로의 시스티나 천장화, 익숙한 천지창조 그림을 넋을 놓고 푹 빠져 보고 나니 고개가 뻐근했다. 마지막으로 바티칸 내 베드로 대성당에서는 미켈란젤로의 유명한 조각상, 피에타를 만났다. 성모 마리아가 십자가에서 내려진 예수를 무릎에 안고 있는 모습이다. 이는 위, 즉 하늘에서 보기에 완벽한 형태로 조각되었다고 한다. 무엇보다도 이 조각상에는 유일하게 미켈란젤로의 서명이 남아 있다. 가이드는 여기에 숨겨진 이야기가 있다고 말했다.

"피에타가 대중에게 처음 소개되었을 때, 사람들은 이를 다른 조각가가 만들었다고 했죠. 화가 난 미켈란젤로는 밤중에 몰래 성당으로 와서 자신의 이름을 새겼다고 해요. 그리고 다시 돌아가는 길에 올려다본 밤하늘의 아름다움을 보며 반성했다고 합니다. '세상

을 이토록 아름답게 만든 하나님도 당신의 작품 어디에도 자신의
이름을 새기지 않았는데, 나는 왜 그랬을까.' 하고요. 그 후 다시는
자신의 작품에 서명을 넣지 않았다고 해요."

미켈란젤로의 이야기에 마음이 뭉클했다. 매일 자연스레 해가
뜨면 아침이 찾아오고, 해가 지고 난 뒤 밤하늘의 달과 별이 반짝
인다. 길가의 꽃과 들풀은 돌보는 이가 없어 보여도 때에 따라 내
리는 비와 바람, 햇살의 돌봄을 받으며 자란다. 만든 이의 이름이
새겨지지 않은 자연이라는 완벽한 작품 속에서 나는 매일 살아가
고 있다.

남편과 함께 바티칸 근처에 위치한 작은 카페를 찾았다. 1919년
부터 커피를 판매했다는 이곳에서 유명한 건 초콜릿 시럽을 바른
커피라고 했다. 두 잔을 시킨 후, 자리에 앉아 편안한 복장으로 카
페를 오가는 이들을 구경했다. 서로 반갑게 인사를 나누는 그들을
보며 이곳이 동네 사랑방임을 깨달았다. 우리의 탁자에 주문한 커
피 두 잔이 놓였다. 작은 찻잔 안쪽에 발린 초콜릿 시럽은 여섯 장
의 꽃잎처럼 보이고, 달콤한 꽃잎의 속을 채운 에스프레소는 쓰지
않았다. 위에서 보니 커피 꽃이 활짝 피었다. 가이드가 사진으로
보여준, 위에서 본 피에타 속 예수의 얼굴이 떠올랐다. 내가 볼 수

있는 한계, 나의 시선 속 세상이 어찌나 좁은지 깨닫게 되었다. 중요한 건 눈에 보이지 않는 것일지도 모른다. 저 높은 하늘에서 내려다보는 나는 얼마나 작은 존재일까.

Sciascia Caffè 1919

https://www.sciasciacaffe1919.it/
Via Fabio Massimo, n.80/a, 00192 Roma RM, Italia

원조
까르보나라

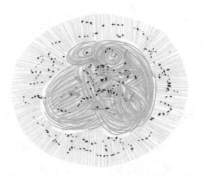

바티칸 투어의 가이드가 우리에게 꼭 맛보아야 할 메뉴를 추천했다.

"여러분, 까르보나라 좋아하세요? 이탈리아의 까르보나라는 한국과 맛이 달라요."

가이드는 이탈리아를 떠나기 전 꼭 까르보나라를 먹어보라며 식당까지 알려주었다. 그가 알려준 식당에 도착하니 바티칸 투어를 함께한 이들이 탁자 곳곳에 이미 와서 앉아 있었다. 남편과 함께 까르보나라, 리조또, 오렌지 환타를 주문했다. 이탈리아의 파스타는 알덴테로, 면을 조금 단단하게 삶는다. 그게 싫으면 좀 더 익혀달라고 말해야 하지만, 우리는 이탈리아식으로 맛보고 싶어서 별도의 요청을 하지 않았다.

"어떤 까르보나라가 나올지 기대된다."
"베이컨을 넣은 까르보나라는 많이 먹어 보았는데!"

음식을 기다리며 까르보나라의 어원을 찾아보니 석탄Carbone에서 유래되었다고 한다. 석탄을 캐던 광부들에게는 오랜 시간 캄캄한 곳에서 일하며 먹을 수 있는 음식이 필요했다. 그렇게 오랫동안 보존이 가능한 소금에 절인 고기, 달걀로 만들어 먹기 시작한 것이 까르보나라의 시초라고 한다. 광부들이 음식을 먹다가 몸에 묻은 석탄가루가 접시에 떨어진 것에서 착안하여 으깬 통 후춧가루를 뿌린다는 이야기가 흥미로웠다. 한국에서 맛보았던 크림 파스타인 까르보나라는 2차 대전 이후 미국으로 이주한 이탈리아인들이 그곳의 입맛에 변형시켜 만든 메뉴라는 것도 알게 되었다. 나는 남편에게 말했다.

"오늘 주문한 게 이탈리아 원조 까르보나라래. 지금까지 우리가 먹은 건 진짜가 아니었어!"

우리 식탁에 원조 까르보나라가 도착했다. 크림이 아닌 노른자를 풀어서 만든 파스타는 하얀색이 아닌 노란색에 가까웠다. 크림이 듬뿍 들어 있는 게 아닌 비빔면처럼 노른자로 적절히 면을 코팅한 상태라고 할까. 똬리를 틀며 곱게 올린 까르보나라를 포크로 조심스레 헤쳐서 맛을 보았다. 담백했다. 콜라나 피클이 없어도 한 그릇 더 먹을 수 있을 것 같았다. 날계란 노른자가 있어서 혹시 비리지 않을까 생각했던 건 나의 기우였다. 생각해 보면 노른자가 들어간 간장 계란밥도 비린 맛은 없다. 식탁에 놓인 후추통을 들고 쓱쓱 그라인더를 돌려 톡톡 뿌렸다. 캄캄한 동굴에서 석탄을 캐며 일하다가 점심 한 끼를 챙기며 숨을 돌렸을 그들을 생각했다. 좁고 캄캄했던 미식의 세계에 한 줄기 또 다른 빛이 반짝였다.

| La Soffitta Renovatio

http://www.lasoffittarenovatio.com
Piazza del Risorgimento, 46/a, 00192 Roma RM, 이탈리아

오래전
우리의
바람대로

오래전 책 《냉정과 열정 사이》를 읽고 동명의 영화를 본 뒤, 피렌체는 반드시 사랑하는 이와 함께 오고 싶었다. 책과 영화의 여운에 요시마타 료의 OST 앨범까지 샀다. 가사가 없는 연주곡들로 이루어진 이 앨범은 오랫동안 나의 플레이리스트에 있었고, 집중해야 할 때마다 즐겨 듣는 음악이었다. 이탈리아 여행을 앞두고 남

편에게 물었다.

"영화 〈냉정과 열정 사이〉 봤어?"
"본 것 같은데, 기억이 잘 안 나. 떠나기 전에 같이 한 번 더 볼까?"

남편과 함께 영화를 다시 봤다. 20여 년 가까이 된 영화지만, 배경도 음악도 여전히 아름다웠다. 며칠 후면 영화에 나온 피렌체 거리를 직접 걸을 수 있다는 생각에 영화를 보는 내내 장면 하나하나를 꼼꼼히 살폈다.

오래전 나의 바람대로 2020년 1월 새해를 사랑하는 이와 함께 피렌체에서 맞이했다. 영화 속 준세이가 자전거를 타고 다니던 거리를 걷고, 우피치 미술관에서 작품을 본 후, 두 주인공이 재회한 기마상이 있는 안눈치아타 광장에서 사진을 찍었다. 남편과 함께 두오모 쿠폴라에 올랐다. 꼭대기에 다다를수록 비좁아지는 계단은 오가는 통로가 하나뿐이라 내려오는 이들을 먼저 보낸 후 올라가야 했다. 463개의 계단을 오르니, 피렌체 시내 전경이 한눈에 들어왔다. 영화 속 준세이와 아오이가 있던 자리에 남편과 내가 서 있다는 게 실감나지 않았다.

"이곳에 오다니 꿈만 같아."

"앞으로 같이 여행 많이 다니자."

그와 함께 피렌체의 카페를 찾았다. 이탈리아는 먼저 여행을 다녀온 이들의 말처럼 '어디를 가든 커피가 맛있는 나라'였다. 전직 바리스타였던 남편은 미래의 아내가 커피를 좋아하는 사람이길 바랐다고 했다. 그의 바람처럼 나는 커피를 즐겼다. 이렇게 이탈리아 피렌체는 그와 나, 우리의 오랜 바람을 함께 이룬 최고의 여행지였다.

3박 4일간 머문 피렌체의 숙소에는 이탈리아인이라면 누구나 가지고 있다는 모카포트가 있었다. 매일 아침, 남편은 집주인이 준비해 놓은 원두 가루와 물을 모카포트에 넣고 가스레인지 위에 올렸다. 몇 분 뒤, 보글보글 소리가 나고 주전자 입구에서 뜨거운 김이 새어 나왔다. 적절한 순간이 되면 불을 끄고 진한 커피를 추출한 후 취향에 따라 따스한 물을 부었다. 이탈리아인처럼 홈 카페의 맛에 반한 우리는 여행의 마지막 날, 피렌체의 작은 카페에서 모카포트용으로 분쇄된 원두 가루를 샀다.

피렌체가 그리운 날이면 부엌 찬장에서 모카포트를 꺼냈다. 배경음악은 당연히 요시마타 료의 〈The whole nine yards〉. 보글보글 끓기 시작한 모카포트의 커피향이 집 안을 가득 채웠다.

인생은
아름다워

피렌체에서 기차로 한 시간 거리에 있는 아레초에서는 토요일마다 유럽 최대의 벼룩시장이 열린다. 여행할 때면 그 지역의 벼룩시장을 꼭 찾는다. 시간의 흔적이 담긴 찻잔, 작은 소품들을 발견하는 소소한 기쁨이 좋다. 마침 우리의 여행 일정과 벼룩시장이 열리는 날짜가 맞았다.

"이 지역이 영화 〈인생은 아름다워〉 촬영지래."

"우리 정말 운이 좋다."

벼룩시장 정보를 찾다가 아레초가 영화 〈인생은 아름다워〉의 촬영지라는 사실을 알게 되었다. 이탈리아 배우이자 극작가인 로베르토 베니니가 주연한 이 영화는 내용도 음악도 좋았다.

작은 소도시 아레초는 우리 취향에 꼭 맞았다. 기차역에서 내려 마을 어귀로 들어서는 순간, 벼룩 시장 좌판이 이곳저곳에 펼쳐져 있었다. 영화에 자주 등장했던 그란데 광장은 다양한 물건과 사람들로 생기가 넘쳤다. 나무로 짜여 튼튼한 거울, 오랜 시절 누군가의 밤을 밝혀준 초록색의 스탠드, 커다란 백합이 활짝 핀 것처럼 보이는 전축 스피커 등 다양한 물건을 하나하나 살피는 것도 즐거웠지만 환하게 웃으며 우리를 맞는 친절한 이탈리아인들도 반가웠다. 우리는 작은 꽃들이 그려진 디저트용 접시와 커피잔 두 세트를 샀다.

무거워진 배낭을 메고 점심을 먹기 위해 근처의 레스토랑을 찾았다. 주인에게 메뉴를 추천해 달라고 했더니, 그는 아레초 스타일의 파스타를 추천해 주었다. 주문한 음식은 넓은 페투치네 면에 토마토 미트 소스가 섞인 볼로네제 스타일의 파스타였다. 파스타를 보던 남편이 물었다.

"파스타 위에 이건 뭐예요?"
"그건 꽃이에요. 아레초 지역에서 피는 꽃이죠."

점원의 말을 듣고 다시 보니 귀여운 보라색 꽃잎들이 뿌려져 있었다. 한눈에 보기에도 싱그럽고 예뻤다. 조금 전 벼룩시장에서 산 접시가 떠올랐다. 코트를 입고 거리의 벼룩시장에서 오랜 시간을 보낸 탓에, 온몸에 쌀쌀한 기운이 남아 있었지만, 파스타 위에 뿌려진 꽃들이 우리에게 곧 다가올 봄을 약속하고 있는 것만 같아 마음이 따뜻해졌다.

Osteria dei Mercanti

http://osteriadeimercanti.it/
Via di Ser Petraccolo, Piazzetta Sopra i Ponti, 9, 52100 Arezzo AR, Italia

나를
위한
피카

스웨덴 알란다 국제공항에 도착했다. 공항철도를 타고 숙소가 있는 시내에 도착하니 반가운 잿빛의 아스팔트 바닥이 보였다. 모스크바의 겨울은 눈으로 덮여 있어 맨바닥의 땅을 밟는 게 오랜만이라 낯설었지만, 파란 하늘에 답답했던 마음이 뻥 뚫리는 것 같아 기분이 좋았다.

'출장 중인 그에겐 왠지 미안하지만, 역시 오길 잘 했어.'

결혼 후 처음 맞는 생일이었다. 갑작스레 해외 출장을 가게 된 그는 미안한 표정으로 스웨덴 여행 티켓을 건넸다. 처음엔 혼자 하는 여행은 재미없을 것 같아 가지 않겠다고 했지만, 그 마음은 스웨덴에 도착하자 눈 녹듯 사라졌다. 생일에 홀로 두어 여전히 마음을 쓰고 있을 그에게 고맙다는 메시지를 남겼다.

카페마다 '피카'FIKA라고 쓰인 입간판들이 보인다. 피카는 스웨덴어로 '커피 브레이크', '티타임'이라는 뜻이다. 바쁜 일상에서의 커피 한 잔의 여유, 피카는 스웨덴에서 하루에 한두 번, 직장에서도 반드시 지켜야 할 의무로 정해져 있다고 한다. 시차로 인해 한 시간이 더 늘어나서 25시간의 생일을 보낼 수 있는 특별한 날이다. 새로운 한 해를 앞둔 나를 위한 피카를 선물하기로 마음을 먹고 길을 걷다가 눈에 띄는 카페로 들어갔다.

"맛있는 디저트를 추천해줄 수 있을까요?"
"셈라Semla 먹어 봤어요?"
"아뇨, 스웨덴은 처음이에요."
"겨울에 맛볼 수 있는 전통 디저트예요."

친절한 직원의 추천으로 커피와 셈라를 주문했다. 처음 본 셈라는 뚱뚱한 크림빵처럼 생겼다. 인터넷을 찾아보니 스웨덴에는 40일 동안 금식을 하는 사순절의 시작 하루 전 '재의 화요일'에 배를 든든히 하기 위해 셈라를 먹는 전통이 있다고 했다. 동그란 빵을 잘라서 빗살 무늬로 채운 생크림 위로 살짝 덮은 빵의 윗부분이 겨울에 쓰는 베레모처럼 보였다. 베레모 같은 빵을 생크림에 푹 찍어 맛보았다. 낯선 곳에서 홀로 보내는 생일의 피카, 수첩을 열어 올해의 감사한 일을 적어보았다. 하나, 둘 적다 보니 슬프고 힘든 일보다 기쁘고 감사한 일이 더 많았다. 달콤함으로 채운 만큼 마음도 든든해졌다. 셈라, 새로운 나의 한 해도 잘 부탁해.

Fabrique Stenugnsbageri

http://fabrique.se
Nybrogatan 6, 11434, Stockholm

나 홀로
여행의
룸서비스

스웨덴 스톡홀름 〈미트볼〉

결혼 후 잦은 해외 출장을 가야 하는 업무를 맡게 된 남편에게
말했다.

"아무래도 내게 있던 출장의 기운이 당신에게로 간 거 같아."

가족 행사, 나의 생일, 결혼기념일마다 겹치는 그의 출장에 머리로는 이해해야 한다고 생각했지만, 마음은 서운했다. 해외에 살다 보니 마음을 터놓을 수 있는 유일한 가족이 남편뿐이라 더 그랬던 것 같다.

겨울의 북유럽은 러시아처럼 해가 짧았다. 날씨는 싸늘했지만, 아기자기한 골목을 구경하고 작은 소품들이 많은 가게와 문구점을 둘러보는 것만으로도 기분이 좋아졌다. 한참을 걷다가 편의점 세븐일레븐을 발견했다. 낯익은 간판을 보니 반가워서 한국이나 일본에 온 듯했다. 구시가지와 주요 행정기관이 모인 감라스탄 거리를 걸었다. 스웨덴에 사는 일러스트 작가의 온라인 클래스를 들으며 색연필로 그렸던 스웨덴의 집이 거리에 실제로 존재한다는 걸 깨달았다. 작은 선물 가게에서 어린 시절 가위로 잘라서 가지고 놀던 종이 인형도 발견했다. 러시아의 마트료시카처럼 스웨덴의 유명한 목각 인형 달라호스를 구경하고 있던 내게 가게의 할머니가 말을 걸었다.

"달라호스의 유래를 알고 있나요? 행복을 가져오는 말이에요. 오래전, 긴 겨울 땔감으로 쓰는 통나무 하나를 아빠가 깎아서 아이에게 만들어주면서 시작되었지요."

다채로운 색을 가진 예쁜 달라호스를 구경하며 그녀의 이야기를 한참 듣다가 달라호스가 그려져 있는 작은 천을 샀다. 숙소로 돌아오는 길은 금세 어둠으로 캄캄해졌다. 남편과 통화를 하고 나니 긴장이 풀어지며 허기가 졌다. 당시 코로나가 중국에서 시작되었고, 아시아인에 대한 차별 뉴스가 쏟아지던 때라 나 또한 여행 내내 긴장하고 있었기 때문이다.

룸 서비스를 시키기로 했다. 나 홀로 여행에서 해보는 작은 사치, 메뉴판의 가격을 비교해 보니 숙소 밖 식당과 크게 가격 차이가 나지 않았다. 미트볼을 주문하고 나니 만화영화에서 보던 둥그런 양철 뚜껑으로 덮은 음식이 도착했다. 뚜껑을 열자 따뜻한 온기가 있는 작고 귀여운 미트볼 6 ~7개와 으깬 감자, 오이, 링곤베리 잼이 함께 놓여 있다. 고기와 잼을 같이 먹는 건 여전히 생소하지만, 스웨덴 사람처럼 먹어보기로 했다. 따스하면서 달콤하고 짭조름하다. 맛있는 미트볼을 먹고 있으니 남편 생각이 나서 그에게 메시지를 보냈다. 다음엔 꼭 스웨덴에 같이 오자고, 그때는 식당에서 미트볼도 먹고 빨간색의 달라호스도 한 마리 사자고 말이다.

혼자
있을
자유

　한국에서 아이를 출산하고 4개월 차에 다시 모스크바로 돌아왔
다. 1월의 모스크바는 캄캄하고 햇볕이 드문 깊은 겨울이었다. 먼
저 집에 온 남편은 아이를 위해 거실에 매트를 깔고 크리스마스 트
리를 장식해 두었다. 그가 말했다.

"러시아는 크리스마스가 지난 지 얼마 안 되었으니까."

'엄마'라는 이름으로 러시아에서의 새로운 삶이 시작되었다. 일이 많은 남편은 밤늦게 퇴근하는 날들이 많았다. 한국에 있었을 때는 친정 엄마의 도움을 받았던 아이의 목욕도, 끼니마다 챙겨먹는 식사도 온전히 나 홀로 해야 했다. 아이를 돌보느라 요리와 청소, 집안 살림에 집중할 수 없었다. 정리되지 못한 집을 보면, 꼭 지금의 나를 보는 것 같아서 울적해졌다. 꾹꾹 눌렀던 마음들은 푹 젖어 눈물로 쏟아졌다. 봄이 오고 아이는 8개월이 되었지만, 내 마음은 종종 겨울에 머물렀다. 남편이 말했다.

"5월 연휴에 자기 혼자 여행을 좀 다녀오면 어때?"
"나 혼자? 아이는 어떻게 하고…."
"아빠가 같이 있는데 뭐가 걱정이야."

며칠을 고민하다가 결국 나는 오스트리아 빈으로 떠났다. 늦은 밤 숙소에 도착하여 다음 날 아침 오랜만에 늦잠을 잤다. 낯설었다. 원하는 만큼 자고, 먹고 싶을 때 먹고, 화장실도 편하게 갈 수 있는 자유라니. 30여 년간 당연했던 자유가 없어진 건 고작 8개월 뿐인데, 비현실적인 기분이 들었다.

오랜만에 양쪽 귀에 이어폰을 다 꽂고 음악을 들으며 거리를 걸었다. 구글맵을 보다가 가까운 곳에 영화 〈비포 선라이즈〉의 두 주인공이 음악을 듣던 레코드 가게가 있다는 걸 알게 되었다. 익숙한 간판이 보이자 가슴이 뛰었다. 가게를 구경하다가 에코백을 샀다. 에코백을 사면 레코드판을 선물로 준다며 직원이 오래된 재즈 LP를 건네 주었다. 서둘러 가방에 넣어 밖으로 나왔는데, 집에 가도 레코드 플레이어가 없으니 영영 듣지 못하는 음악이 되겠구나 싶어 다시 가게로 들어갔다. 조금 전에는 보지 못했던 흰머리의 할머니가 다가와 말했다.

"다시 잘 왔어. 그냥 갔다고 하길래 아쉬웠는데, 너도 영화 보고 온 거지?"

"맞아요. 집에 LP 플레이어가 없거든요. 선물로 주신 거 들어보고 싶어요."

"그것보다 이 음반을 들어야지."

그녀는 벽장에서 다른 레코드 판을 꺼내 플레이어에 넣고 내게 헤드셋을 씌워 주었다. 헤드셋에서는 캐스 블룸Kath Bloom의 〈Come here〉가 흘러나왔다. 영화 속 제시와 셀린느가 좁은 청음실에서 서로의 눈을 마주치지 못한 채 듣던 음악이다. 음악을 듣는데 나도 모르게 눈물이 났다. 이상하다. 왜 눈물이 날까. 당황하는 내게 할머니는 꽃무늬가 그려진 주방 티슈를 건넸다. 티슈로 흐르는 눈물을 닦으며 할머니에게 말했다.

"왜 눈물이 나는지 모르겠어요. 음악이 너무 좋아요."
"괜찮아. 다시 꼭 와요."

음악을 한 번 더 들은 후 다시 거리로 나섰다. '왜 눈물이 났을까?' 다시 돌아갈 수 없는 그 시절의 내가 그리운 걸까. 아니야. 아이가 있는 지금의 삶도 좋은 걸. 나는 눈물의 의미를 찾지 못했다. 뜨겁지도 차갑지도 않은 이상한 마음을 안고 시내의 "자허 카페"를 찾았다.

호텔 안에 위치한 카페는 줄이 길었지만, 모퉁이에 있는 "자허 카페"는 바로 들어갈 수 있었다. 자허 토르테를 주문했다. "자허 카페"는 녹지 않은 초콜릿 디저트를 처음 만든 곳이라고 한다. 점원이 가져다준 초콜릿케이크의 겉면이 아주 단단했다. 함께 준비된 차가운 휘핑크림과 초콜릿케이크를 입 안에 넣고 오물오물 녹이니 차갑고 달콤하고 따끈한 맛이 입안 가득 맴돌았다. 유튜브를 찾아 캐스 블룸의 〈Come here〉를 한 번 더 들었다. 마음이 촉촉하게 젖어 드는 게 지금 맛보고 있는 자허 토르테 때문인지 음악 때문인지 모르겠다. 창 밖으로 거리를 걷는 사람들을 보며, 그 속에서 오래전 시간을 걸어가고 있는 과거의 희미한 나에게 안녕을 고한다.

Café Bel Étage

http://www.sacher.com
Kärntner Str. 38, 1010 Wien, Austria

다정한
위로

아이와 단둘이 보내는 하루는 더디게 흘렀다. 어른의 대화가, 친구가 그리웠다. 남편에게 말했다.

"친구가 생기면 좋겠어. 또래의 아이를 가진 엄마이면서 러시아인이면 좋고, 한국어도 조금 하면 더 좋겠지?"

"너무 어려운 꿈 아닐까?"

남편은 나의 바람이 크다고 했다. 또래의 아이를 가진 엄마에, 한국어를 할 줄 아는 러시아인라니, 내가 생각해도 거창한 꿈이었다. 반년이 흘렀다. 공원에 쌓인 눈이 모두 녹고 푸릇푸릇한 무성함이 느껴지는 여름, 나 홀로 아이와 산책길에 나선 오후의 공원에서 샤샤와 그녀의 아들 미르를 만났다. 당시 만나는 사람마다 손을 흔들어 '안녕'을 외치던 아이 덕분이었다.

"한국인이에요?"
"제가 한국인인 거 어떻게 알았어요?"
"방금 전 '안녕!'이라고 인사했잖아요. 학교에서 한국어를 배웠어요."

우리는 친구가 되었고 나의 꿈은 현실이 되었다. 알고 보니 우리는 창밖으로 서로의 집이 보일 정도로 가까이에 살고 있었다. 같은 또래의 아이를 돌보며 함께 걷고, 놀며 여름을 보냈다. 그녀와의 만남을 통해 출산과 육아에 대한 경험은 국적을 초월한다는 것을 깨달았다. 육아에서 오는 기쁘면서도 고단한 양가적인 마음은 세상 모든 엄마들의 마음이었다. 우리는 서로를 토닥였다.

2023년 한 해는 쉬지 않고 달렸다. 임신과 출산으로 휴학했던 대학원을 복학하며, 학업과 육아를 병행했다. 아이가 어릴 때 공부하는 게 더 낫다는 친구들의 조언도 있었지만, 무엇보다 내게 필요했던 건 다른 몰입의 시간이었기 때문이다. 연말이 되니 긴장이 풀렸다. 아이의 이유식은 직접 만들면서, 나의 끼니는 대충 챙겼다. 냉장고에 있었으니 괜찮을 거라고 생각하며 이틀 정도 소비기간이 지난 음식을 먹은 게 탈이 났다. 살면서 그토록 아픈 장염은 처음이었다. 병원에서 수액을 맞고 기력이 조금 회복되고 나서야 샤샤의 메시지에 답을 하며 안부를 전했다. 줄 것이 있다는 그녀의 말에 아이들이 모두 잠든 밤, 아무도 없는 캄캄한 놀이터로 향했다. 샤샤가 보랭 백을 전해주며 말했다.

"러시아에서는 아프면 사과를 먹어. 요거트를 넣으면 더 맛있지만, 그건 안 될 거 같아서. 이게 네게 도움이 되면 좋겠어. 엄마는 아프면 안 되니까."

보랭 백에서 꺼낸 도시락 통에는 아직 온기가 남아 있는 사과 찜이 있었다. 연둣빛의 사과와 잣, 견과류가 보였고, 달콤한 꿀과 시나몬 향이 솔솔 풍겼다. 아픈 나를 위해 친구가 차려준 밥상, 그녀에게 받은 다정한 위로에 눈물이 났다.

최초의
맛남

  나는 여전히 러시아 모스크바에서 살고 있다. 두 사람이 식사를
하던 식탁에 이제 세 사람의 밥을 차린다. 젖과 분유를 같이 먹던
아이는 모스크바에서 이유식을 시작했다. 한국에서 가져온 쌀가
루로 미음을 먹던 아이가 처음으로 맛본 채소는 애호박이었다. 애
호박을 씻고 껍질을 깐 후, 찌고 갈아 다음 날 먹을 만큼을 덜어 큐

브 틀에 담았다. 얼음 틀에는 아이를 위한 다양한 채소들이 담겼다. 아이가 처음 맛보는 재료들은 알레르기가 있는지 확인해야 했다. 쌀 미음에 2~3일 간격으로 새로운 채소들을 하나씩 추가했다. 연둣빛의 애호박, 주홍빛의 당근, 그리고 양파와 감자. 색색의 채소들이 차례로 아이의 식판에 담겼다. 젖병을 빨다가 처음으로 입에 수저를 댄 아이는 먹는 것보다 흘리는 게 더 많았다.

시간이 지날수록 아이가 먹을 수 있는 음식이 다양해졌다. 아이를 위한 기록을 남기는 일기장에 그날 맛본 음식을 기록했다. D+214 파프리카, D+259 망고, D+291 딸기 그리고 한국의 잡채, 러시아의 블린니까지. 아이가 맛보는 최초의 맛남에 대한 기록이다. 어느 날 아이의 점심을 준비하던 나를 보던 러시아인 친구 레나가 물었다.

"아이는 수프를 먹지는 않아?"
"우리는 주로 쌀, 밥을 먹어. 반찬과 국을 함께 주지."
"러시아에서는 수프가 중요하거든."

문득 아이는 러시아에서 계속 자라게 될 텐데, 이유식도 러시아식으로 해야 하는 건 아닌지 고민이 되었다. 친구는 내게 카뭇kamut

이라는 통곡물을 알려주었다. 검색해보니 한국에서도 밥을 지을 때 같이 먹는 경우도 있었다. 그제야 슈퍼마켓에서 익숙한 재료가 아닌 다른 재료들을 살피기 시작했다. 엄마인 나로 인해 아이가 접하는 음식이 제한되지 않기를 바라는 마음이 들었다.

 단단한 주물 냄비에 닭 안심을 넣어 육수를 내고 익힌 후 껍질을 벗긴 토마토를 넣고 감자와 양파, 애호박을 듬뿍 넣어 끓였다. 보글보글 끓어오른 냄비에 친구가 알려준 카뭇으로 만든 수프용 짧은 파스타를 넣었다. 금세 익은 파스타는 닭고기 토마토 스프와 적절하게 어울려 든든한 한 그릇 음식이 되었다. 돌이 지난 아이는 간을 하지 않아도, 식재료 자체의 맛으로 잘 먹었다. 아이 그릇과 내 그릇에 수프를 담았다. 일반 파스타보다 짧고 칼국수 면보다는 가벼운 카뭇이 들어간 수프를 아이 덕분에 나도 처음 맛보았다. 나의 손 끝에서 시작되는 아이의 맛남의 세계, 아이로 인하여 새롭게 열리는 나의 맛남의 세계. 두 맛남의 세계가 점점 크고 넓어지고 있다.

맛남의 세계

31개 나라에서 만난 맛과 사람

초판 1쇄 발행 2024년 11월 22일

지은이   이지혜
펴낸이   김경희
편 집   강수지
디자인   정나영

펴낸곳   (주)미션캠프
출판등록   2024년 7월 22일 제 2024-000164호
주 소   서울시 마포구 성지길25, 보광빌딩 4층
홈페이지   www.missioncamp.kr
메일   contact@conceptzine.co.kr

저작권자   (주)미션캠프
ISBN   979-11-988591-2-9 (03810)